私は貝になりたい

遺書・原作 題名　加藤哲太郎『狂える戦犯死刑囚』

橋本　忍

朝日文庫

序に代えて
——職人仕事——

橋本　忍

　昭和三十三年（一九五八）に東京放送（現在のＴＢＳ）で、芸術祭参加のテレビドラマ『私は貝になりたい』が放送されると、視聴者の賛辞が予想外な広がりで高まり、文部大臣賞も受賞したので、東宝で映画化が決り、監督は私がと申し出るとＯ・Ｋになったので、黒澤明氏邸へ初監督の挨拶《あいさつ》に行った。

「僕はテレビは見なかったが、見た者の評判はなかなかいいよ」と黒澤さんは上機嫌に

「結構だ、思い切ってやれ。都合じゃ僕が編集室へ入る」

　だが私の差し出す脚本を受け取ると、首を捻《ひね》り、掌《てのひら》に乗せ、目方を計るように少し上下に動かした。

「橋本よ……これじゃ貝にはなれねぇんじゃないかな」

　脚本の軽さ……それは根幹に脱落しているものがあり、書き込み不足ではとする懸念である。信頼するライター仲間の菊島隆三氏もいう。

「橋本君よ、世の中って不思議だね」「え?」「君の書いた脚本だよ、私は貝になりたい……えらく評判がいいが、正直にいうと、君の脚本のレパートリじゃCクラス、それがどうしてあんなに評判になるのかねぇ」

黒澤さんは根幹となるべきものの欠如を危惧《きぐ》し、菊島隆三氏は仕上がりを完成度の低いCクラスだという。いずれにしても、世評の高さと脚本の実質には大きな乖離《かいり》があるらしいが——私にはそれがなんだか分からないまま、映画をスタートさせてしまった。

それから、二十年、三十年……一度書き上げた作品は、頑《かた》くなに直さない主義の私だが、『貝』だけは、時折ホロ苦い悔いに似たものが心の底で、チクリチクリと針のように肌へ突き刺さる。

平成六年(一九九四)にTBSで二度目のテレビ放送(所ジョージ主演)をやる時には、脚本の実態と世評との乖離をなんとか埋めたい焦燥に駆られたが、何が足りないのか依然として摑《つか》めず、枝葉末節を少しイジくっただけだった。

その前後から、私は右の腎臓《じんぞう》を切除、以来、膵臓炎《すいぞうえん》その他で体調を崩し、何も書けなくなり八年、さらに黒澤さんの逝去があってから五年後の、十三年に及ぶ無為の空白が過ぎた時、私はのろのろ虫ケラが這《は》うように字を書き始めた。そして三年がかりで、なんとか『複眼の映像』を書き上げた。黒澤さんと私との仕事の有り方……後世の人々にこれだけは残す必要のある特殊な黒澤組の共同脚本の実態である。

しかし、完成などは覚つかず、途中で死による挫折《ざせつ》と半分は諦《あきら》めていたのに、意外に現実はそうでなく……長年字を書き続けてきた職人仕事の習性なのか、字を書くことで気持ちに張りが出てきて、体調までいくらか整う、思いがけない現実があったからである。

とすると、これからも生き続けるには字を書かないといけない。

『複眼の映像』の一部がゲラ送りで中断すると、私はそそくさと『私は貝になりたい』を直し始めた。ここ四、五十年どうしても分からなかったもの……それは一字ずつ字を書く忍耐力を伴う職人の執拗《しつよう》性を忌避し、ああすればとか、こうすればとかの、右脳と左脳との上滑りした際限のない戸惑いの応酬であり、迷いに過ぎなかったのだ。

思索が深く沈潜し脳幹にまで達していれば、当面の仕事に熱中していても、無意識のうちに、脳幹が懸案や課題を解きほぐす知覚や感覚を萌芽《ほうが》させ、育《はぐく》み、知らず知らずにそれを成熟させ、当面の仕事を終わった本人が「さて」となると、これまでは混沌《こんとん》としていたものが、なんだかぼんやり見えてくる。『複眼の映像』に夢中でのめり込んでいる間に、脳幹が生き続けるため本能的に次の仕事を決め、それに必要な欠落していた根幹的なものや、補筆、加筆すべき事項までを、あたかも予定でもしていたように、密《ひそ》かにお膳立《ぜんだ》てしてくれていたのだ。

ＴＢＳから映画化の話が持ち込まれたのは、それから約二ヶ月近く過ぎた頃で、その後、時間経過があって、監督の福澤君やプロデュウサーとの打ち合わせを行い、『複眼の映像』が終わるのと同時に、遅々とした進行ではあるが——本格的な作業に取り掛かって仕上げた。

『私は貝になりたい』は、半世紀、五十年かかって、世評と実態との乖離をなんとか埋める、改訂決定稿が出来上がったことになる。

職人仕事とはそんなものかもしれない。

＊　用語説明

N　ナレーション。

（O・L）　オーバーラップ。現在のシーンに次のシーンが重なって二重写しになり、前のシーンが序々に消えて、新しいシーンになる。

（F・O）　フェイドアウト。画面が次第に暗くなり消えてしまう。

私は貝になりたい

①

四国・高知県——土佐の海

蒼黒《あおぐろ》い黒潮がうねり広がっている。

広漠としたその波の重なり、風と海鳴りの轟《とどろ》き、水平線の空と雲は、天地悠遠としか他にいいようがない。

メインタイトル。

『私は貝になりたい』

高層ビルに突入する二機の旅客機。

切り裂かれて爆発し倒壊するビルの噴煙をバックに、人々は死に物狂いに逃げ惑う——九・一一、同時多発国際テロ発生のニューヨーク。

メインキャストとスタッフのタイトルが、現代から過去へ逆回転し、血と涙の慟哭《どうこく》の歴史の節目に証言者の刻印を打つ。

湾岸戦争、アフガン戦争（対ソ連）、アフリカの民族戦争、ベトナム戦争、朝鮮戦争、それらの象徴的なものをストップ写真で捉《とら》え、第二次世界大戦、太平洋戦争に至り――すべてが動き始める。

北太平洋のうねりを越える機動部隊の空母群。

後甲板に蝟集《いしゅう》し一斉にプロペラ回転のゼロ戦、艦攻、艦爆。

ハワイ空襲、マレー半島を南下する戦車部隊、中国戦線では、麦畑を進む歩兵、砲兵、輜重《しちょう》隊。

ガダルカナルの死闘、火炎放射機で炎と煙になる日本軍のタコ壺《つぼ》、飢餓と疲労で投降する日本の兵士。Ｂ29の本土空襲。台湾沖航空戦、機動部隊の張る弾幕の落下で沸き立つ海、突っ込んで行く神風特攻隊。そして戦争中のニュース映画の傑作、あの印象的な雨の神宮球場での学徒出陣式にダブって――再び天地悠遠の海になり、最後のタイトルの監督が終わると、海原を俯瞰《ふかん》していたヘリが移動を始め、潮騒に漂う微《かす》かな軍歌が次第に大きくなり、陸地が斜めに見え出し近付く。

高台の岬――崖《がけ》を駆け上がる、砂浜で戦争ごっこをしていた五、六人の子供達の姿が見える。

その海へ突出した汐見岬《しおみ》へ、旗と幟《のぼり》と軍歌で——出征兵士を送る三十名ほどの行列が現れる。

②　汐見岬に近い、小さな漁港のある町の通り

白く乾いた一本道を、旗と幟と軍歌が近づいてくる。

鄙《ひな》びた町の屋並の一軒に『清水《しみず》理髪店』。

窓ガラスには、爆風予防の紙テープと「進め一億、火の玉だ」「防諜《ぼうちょう》運動強化週間」などのポスターが貼《は》ってある。

③　店の中

店主の清水豊松《とよまつ》（30）が、客の老人の頭を刈り終わり、軽いハミングの『よさこい節』で剃刀《かみそり》を研《と》いでいる。

理髪台は二つで、作り付けの細長い腰掛けには客はいない。

表の通りを遠くから近づいて来る『出征兵士を送る歌』。

長男の健一《けんいち》（5）が、表のガラス戸を開け飛び込んで来る。さっき砂浜を走っていた子供の一人だ。
健一「お父ちゃん、来たよ！」
豊松「よし、よし」
健一「（奥へ叫ぶ）お母ちゃん来たよ！」
居間から、妻の房江《ふさえ》（26）が、白の割烹着《かっぽうぎ》に国防婦人会の襷《たすき》を掛けながら出てくる。

房江「じゃ、行って来るけど、餞別《せんべつ》は私が？」
豊松「俺が渡す、俺が、バスの乗り場まで一緒に行くんだ」
房江「だってあんたは、お客さんが……」
豊松「いいんだよ、（行け行けと手を振る）」

房江は理髪台の老人を気掛りげに見て健一と一緒に出て行く。
次第に大きく近づいて来る『出征兵士を送る歌』。
豊松は白い仕事着をそそくさと脱ぎ、老人の耳へ口を寄せ、

豊松「松田《まつだ》さん！（大きな声で）一寸《ちょっと》、見送りに行ってくるからな」
老人「あ？」

鏡の横の日の丸の小旗を取り、老人の眼の前で振り、

豊松「見送り、見送り……（旗で万歳をして見せる）」
老人「（大きく頷《うなず》き）誰が行くんじゃ？」
豊松「大里《おおさと》の酒井《さかい》の次男坊でね」

④ 表の通り

幟を立て小旗を振り、応召の酒井正吉《しょうきち》（30）を先頭に、見送りの行列が『出征兵士を送る歌』でやって来る。

店から出て来た豊松、酒井へ駆け寄る。

豊松「よう！　おめでとう！」
酒井「（馴《な》れない挙手の礼をピョコンとし）行って来ます！」
豊松「しっかり頼むぞ、先じゃ案外一緒かもしれんからな」
酒井「そうなりゃ、豊さんにまた頭を刈ってもらうよ」
豊松「ハハハハハ、俺でなきゃ、お前のような才槌《さいづち》頭は誰の手にもおえんからな、ハハハハハ」

一同は声を上げゲラゲラ笑うが、豊松は笑いを止め、姿勢を正し、トッ拍子もない大声で、

豊松「酒井正吉君！　万歳!!」

人々は改めて万歳を三唱する。

我が大君に召されたる……

豊松、馬鹿デカイ声を上げ、旗を振り、先頭に立ち、旗の波と歌声で行列が動き出す。

⑤　清水理髪店・店の中

老人は理髪台で気持ちよく眠ってしまっている。

腰掛けでは留守の間に来て将棋を指している中学生二人。

中学生Ａ「若い血潮の……銀成りッ」

中学生Ｂ「七つボタンは……王手ッ」

二人、歌に合せズンズン指している。

「健坊、一人で海のほうへ行っちゃ駄目だぞ！」

と豊松の声がして、房江と帰って来る。
続いて一緒に見送りを済ませた、町の三等郵便局の局長、三宅《みやけ》（45）と、
近所の薬屋の主人の根本《ねもと》（42）。
豊松「（老人を見て）ホラ、これだから心配ないといったろ」
房江「待ちくたびれちゃったのよ、気の毒に」
豊松「さ、商売商売」
房江「（中学生へ）お待遠様」
中学生A「おじさん達、先でいいよ、戦局たけなわなんだ」
根本「（三宅へ）それじゃ、局長さん、どうぞ」
三宅「じゃ、お先に」
と理髪台に腰を下ろし、根本は腰掛けへ座り、将棋盤を見て、
根本「ホラ、そこへ桂を張って」
中学生B「駄目だよ、教えちゃ」
房江が理髪台の郵便局長の三宅へ白い刈布《かりふ》を掛け始め、老人の顔へ蒸しタオルをしている豊松が、
豊松「局長さん、息子さんからの便りは？」

三宅「月に二度くらいだ……満洲はノンビリしているらしいよ」
豊松「梅津《うめづ》大将が司令官になるし、精鋭だってね、関東軍は」
根本が向こうから、
「世界最強の関東軍には、ソ連だって一寸手が出ないさ」
豊松「（息まく）激戦中のフィリッピンだって、サイパンやテニヤンの二の舞は……」
三宅「いやね、（と声をひそめ）これはここだけの話だよ。海軍関係の人から聞いたんだから、内緒にね」
蒸しタオルを終わり、老人の髭《ひげ》を剃《そ》り始めていた豊松、剃刀の手を止め、根本も腰を浮かし、中学生達までが聞き耳を立てる。
三宅「フィリッピンの戦局はよくない。しかし、これは新聞記者などが上ッ面を見た話で、今は敵をわざと上陸させ、次々と叩《たた》いているんだが……この出血作戦にはアメリカも手を焼いている」
豊松「ふーーむ」
三宅「敵は艦隊も輸送船団もレーテ湾から離れることが出来ず、狭い水際にますます集中する。それを狙《ねら》い、デッカイ網を……（と両手を広げ）場所はいえないが、連合艦隊の主力が、今南方方面のあるところに」

豊松「集結待機中？（と目を輝かす）」
三宅「そうなんだよ。（大きく頷き）図に乗ってる敵を、ここで一発ガーンと叩きのめし、それを足掛りに……」
だが三宅は鏡に映る表にギクッとし、豊松や根本も緊張する。入口のガラス戸が開き、入って来る町役場の吏員の竹内《たけうち》（50）。
竹内「やァ、根本さん、やっぱりここか」
根本「（ギョッとして立ち上がり）来ました？」
竹内「え？」
根本「令状ですよ、召集令状？」
竹内「（苦笑）違うよ、違う。役場のアルコール貰《もろ》うて帰ろうと思ってね」
根本「（ホッとして腰を下ろし）どうもあんたの顔を見ると、すぐ赤紙を」
竹内「ハハハハ、どこへ行っても憎まれ役で……さっきは下河原《しもがわら》の川西《かわにし》さんとこへ来ましたよ」
三宅「え？　下河原の川西にも!?」
竹内「とにかく忙しくて、この通りの無精髭《ぶしょうひげ》で……」
豊松「（威勢よく）すぐ空きますよ」

竹内「いや、そうもしておれん。晩にでも出なおして」
房江「すみませんねぇ」
根本「うちの婆《ばあ》さん、昼寝でもしてるんだろうから叩き起こして下さいよ、アルコールは店の左の棚に入ってるから」
竹内「(頷き) じゃ、どうも……」
と出て行く。
中学生A「(店の柱時計を見上げ) おじさん、ニュース、ニュース!」
豊松「おッと……(慌ててラジオのスイッチを入れる)」
ラジオから流れ出す勇ましい軍艦マーチ。
人々は勢い込んで思わず顔を見合わす。

⑥ 同・居間(夜)

房江が食卓の鍋《なべ》から、お代わりの団子汁(すいとん)をどんぶりにすくい、健一が鍋の中を覗《のぞ》き込んでいる。
健一「お団子、泳いでるね」

房江「よけいなことといわずに、さっさと食べなさい」
　　豊松、店から来て座るが、食卓を見て舌打ちし、
豊松「またか……たまには、米の飯を……朝から晩まで立ち通しで働いているんだぜ」
房江「だって配給がないんだもの、しょうがないでしょう」
豊松「(思わず語気が荒くなる) お前が相場通りにとケチケチするからだよ。塩上《しおがみ》あたりまで行き、ハズメばいいンだ」
房江「近頃の百姓はね、お金だけじゃなにも売ってくれないの。着る物とか、地下足《じかた》袋《び》とか、自転車のタイヤとでも交換するとか……」
　　豊松がブスッとして、団子汁を食べ始める。と、
健一「ご馳走《ちそう》様」
豊松「なんだ、もういいのか」
健一「うん……(といって) どこかでお葬式《とむらい》ないかなァ」
豊松「なに?」
健一「光《こう》ちゃん家《ち》のお葬式の時、おばちゃん (両手で形を作り) こんなお握りくれたよ……お米の御飯、お腹《なか》すかないよ」

豊松「（カーッとなる）おい！　この間組合から来た、配給の石鹼《せっけん》……あれを米に代えて来い！」
房江「そんなことしたら、あんた商売に……」
豊松「非常時だ！（ともうヤケクソで）お客も少しは痛くて当り前、明日から顔は水だけで剃りゃいい！」
と腹立ちまぎれに団子汁をかき込む。
房江「（ボソボソ食べながら）でも、配給の石鹼を横流しするなんて」
豊松、黙って喰《く》う。
房江「いえね、私はあんたがそうしろというのなら……仕事が丁寧で通って来たあんたが、それでもいいというのならね」
豊松、やにわにガサガサと団子汁を流し込み始めるが、それが喉《のど》につまり眼を白黒させる。
房江「（吃驚《びっくり》）あんた……」
豊松「（喉の団子を無理やり飲み込み、大きな声で）健坊！　南方の島で戦争の兵隊さんはな、トカゲや草まで喰って頑張ってるんだぞ。店の表にも貼ってあるだろう、欲しがるまでは……（慌てて）いや、欲しがりません、勝つまではだ、な、健坊!」

その時、表のガラス戸が開き、店先から声がする。

豊松「今晩は……」

「(箸《はし》を置いて立ち上がる)へーえ、いらっしゃい!」

⑦ 同・店の中

豊松が居間から急いで出て来ると、町役場の竹内が立っている。

豊松「あ、昼間はどうも……(手早く理髪台の用意をし)さ、どうぞ」

だが竹内が突っ立ったままなので、豊松が妙な顔をして見る。

竹内「豊松さん……来たよ」

豊松、ガクンとして全身が硬直する。

竹内は国民服のポケットから封筒を出して差し出す。

豊松、オズオズと受け取り、震える手で封を切る。

中から現れる——一枚の赤い紙、臨時召集令状。

竹内「おめでとう……」

豊松「…………（笑おうとするが笑えない）」

召集令状の文面を何度も何度も黙読するその豊松。

竹内「豊松さん、ハンコがいるんだが……」

豊松「おーい……房江！　ハンコ！　ハンコ持って来てくれ！」

二人は黙り込み、気まずい沈黙が続くが、豊松がなんだか泣き笑いのように、

豊松「赤紙、赤紙っていうが、竹内さん、本当に赤いんだな」

竹内「うむ……（返事のしようがない）」

房江、ハンコを持って出て来るが二人の様子にハッとなる。

房江「あんた?……」

豊松「（房江を見ずに）ハンコ……（と手を突き出す）」

豊松、房江から印鑑をもぎ取るようにして竹内に渡し、竹内が書類に押し、印鑑を返しながら、

竹内「ここの町会長は、薬局の根本さんだったたな」

豊松「（黙って頷く）」

竹内「じゃ、帰りに一寸話しとくよ。後々のこともあるからね」

豊松「……よ、よろしくお願いします」
竹内「じゃ……」
と表の戸を開け帰って行く。

⑧同・居間

健一、杓子《しゃくし》で鍋の中をかきまわし遊んでいる。
房江が固い顔つきで入って来るが、健一から邪険に杓子をひったくり、
健一が吃驚し、キョトンとする。
房江、込み上げてくるものをこらえ、いかつい顔で、食卓の食事の跡を
手荒に片付け始める。

⑨同・店の中

豊松、竹内のために用意した理髪台にぼんやり腰を下ろしている。
目の前の鏡の前には召集令状。

豊松、店の中を見回《みまわ》すと、のろのろ立ち上がり、腰掛けに散らばった新聞や雑誌を片付け、表のガラス戸の鍵《かぎ》をかけ、カーテンも閉めてしまい、また元の理髪台に腰を下ろす。
目の前の赤い一枚の紙切れ――召集令状。
豊松は歯を喰いしばり首垂《うなだ》れてしまう。

「あんた……」

豊松、ハッとして振り返り見る。
房江が居間から顔を出している。

房江「三《み》ッ峰《みね》のお兄さんに電報うたなくていいの?」
豊松「いいよ……遠いところから、わざわざ見送りなんて。兄貴には明日葉書を書く、葉書を」
房江「じゃ、私も身内には手紙と葉書だけに……だけど、徴用で朝倉の工場へ来ている敏子《としこ》には、郵便局から電話するわ」
豊松「(頷き)入隊までには日もないし、ゴタゴタする。だから思い切って」
房江「え?」
豊松「おう、健坊!(居間から顔を出している健一へ)お父ちゃん、兵隊に行くんだ。

兵隊、兵隊だぞ！」

健一「ヘイタイ？」

豊松「うん。だからな、今から、母ちゃんに頭を（バリカンで刈る真似《まね》）さ、房江……

　思い切ってやってくれ」

　房江、込み上げてくるものを押さえ、泣き笑いのような顔付になり、棚の刈布を豊松にかけバリカンを手にする。健一、店に入り、もう一台の理髪台に上がり夫婦の様子を見る。

房江「（念を押す）あんた、いいわね」

豊松「いいよ！」

　房江、思い切って豊松の頭を丸坊主に刈り始める。

　豊松、ふっと鏡の中の自分を見る。

×　　×

　高岡《たかおか》理髪店の店内（六年前）。

　豊松、房江に頭を刈ってもらっている。

　豊松は目を細めいい気持ち。豊松も房江もまだ若い。

　高知市の堺町《さかいまち》にある理髪台が七、八台も並ぶ店。

豊松「へーえ、すると山また山……四国山脈のド真中じゃないか」
房江「ええ、そう」
豊松「俺はもうちょっと西寄りの三ッ峰だから、同じようなもんだけど。じゃ、公休日にも帰れないいな」
房江「とっても、とっても。帰るのはお盆と正月だけ……それより清水さん、うちに来るなんて、飯島《いいじま》のお店の人、なんにもいわないの？」
豊松「(苦笑) それがな、マスターだけじゃなく、兄弟子までが嫌みタラタラ、なぜ商売敵の高岡へだなんてね。でも、俺はあんたに頭やってもらうのが、一番気持ちが……それよりあんた、桂浜《かつらはま》、行ったことある、海、綺麗《きれい》だよ、今度の公休日に？」

×　　×　　×

元の清水理髪店。
豊松の頭を三分の一ほど刈り進んだ房江、なにを思い出したのか、ふっと手が止まってしまっている。
豊松——鏡の中でその房江を見る。

×　　×　　×

高知市の大橋通りにある飯島理髪店の前（五年前）。
房江、風呂敷包みを持ちしょんぼり立っている。足元にも大きな風呂敷包みが一つ。顔は血の気が引き青ざめ生気がない。

× ×

飯島理髪店の店の奥の部屋。
店主の飯島が豊松を前に苦り切っている。
飯島「このド阿呆《あほう》！　腹ボテの女の職人など雇う阿呆がどこにある！」
豊松は小さく縮こまってしまっている。
飯島「第一、その娘を腹ボテにしたのは、どこの誰なんだ！」
ますます縮こまる豊松、おどおどしながら、
豊松「そ、それじゃ、親方、休みを三日ほど……」
飯島「なに!?」
豊松「女の子を尾野《おの》谷の家まで送ってやるんです」
飯島「ああ、三日でも五日でも。いや、もう、お前は帰ってこなくていいよ」
豊松「え？」
飯島「クビ、お前はクビだ！　昨日の組合の寄り合いで、組合長の高岡から、お前の

店にはさかりのついた泥棒猫がいるとな。お前のような奴がいては、店の信用にも……今日限りでクビ、クビだ！」

×　　×

山また山の四国山脈のド真中。

四方が切り立つ新緑の山々で、スリ鉢の底のような谷底にわだかまる、集落の民家の屋根が見える。

豊松と房江、坂道に荷物を置き一休みしている。

房江は風呂敷包みが二つ。豊松は柳行李《やなぎごうり》と風呂敷包みの振り分け荷で、鳥打帽を脱ぎ汗を拭《ふ》く。

谷底からの青葉若葉の風が憮然《ぶぜん》とした二人を吹き抜ける。

豊松「戻らん?」

と遥《はる》かな山麓《さんろく》の村を覗き込み、

豊松「せっかくここまで戻って来たのに」

房江「高すぎる、家の敷居が……（と首を振り）家じゃ何の役にも立たへん。ゴクつぶしが一人増えるだけや」

谷底から風がひとしきり強まり、二人は妙に侘《わび》しい。

豊松「そうだよな。俺もなんだか、あすこへはあんまり行きとおないわ」

×　　×

九十九《つづら》折《お》れ道を下りのバスがよたよた走っている。
豊松と房江、目の前を見つめたまま揺られている。
どうしょうもない二人の虚《むな》しいN。
（いや、あすこはいや……）
（俺もだ。遠くへ……ちょっとでも遠くへ）

×　　×

国鉄の土讃《どさん》線の列車が汽笛を鳴らし走っている。
二人、並んでぼんやり窓の外を見ている。
（……でも、私を雇ってくれるとこはどこにもない）
（俺一人がどこかへ転がりこんでも、お前までは養えない）

×　　×

四国八十八ヶ所の一寺のある前。
二人、巡礼の白装束の人々と擦れ違う。
行く先のない、全くアテのない二人の放浪である。

×　　　×

フラッシュバックのような放浪がおんぼろバスになり、左側は疎林、右の遠くには山並の田園地帯を走り続ける。

近付く終点に疎《まば》らな乗客が降りる支度を始め、豊松と房江も、ノロノロ降りる支度を始める。

×　　　×

小さな漁港のある鄙びた町の通り。

豊松と房江、黙々と通り過ぎる。

目的も方向もない。ただ、山また山の山奥を離れてからは——逆方向の南へ南へと足が向いている。

×　　　×

町外れの海へ突出した高台の汐見岬。

振り分け荷を肩にした豊松、房江の風呂敷包みを一つブラ提げ、一緒にやってくる。二人、思わず立ち止まる。

キラキラと光り忽然《こつぜん》と開ける海——途徹もないその広がり。

二人は無意識に荷物を足元に置き呆然《ぼうぜん》と見回す。

豊松「うわ——広いワ——広い海や！」
房江「……（息を飲んだまま声も出ない）」
　　豊松、溜《た》め息をつき、
豊松「でも、ここから先はもうどこへも……土佐の山奥からは、なんとなしに足が南へ南へ向いてたけどな」
房江「（ボソッと）ここが行き止まりなのね」
豊松「そう……ここが二人の行きどまりや」

×　　×

　元の清水理髪店。
　黙々とバリカンで豊松の頭を刈り続ける房江。
　豊松はじっと目を閉じている。いや、一瞬だが息を詰める。

×　　×

　海へ突出した汐見岬の高台。
　豊松、腹を括《くく》り顔を上げ少し息巻いている。
豊松「ここだよ、ここ！　ここで店を開くんだ」
房江「え？　こ、この町で？」

豊松「ああ、このままじゃ、二人であの海へドブーンか、それとも店でも開くか、二つに一つだ。とすりゃ、どこか空き家でも探し、軒先を借り鏡一コと椅子《いす》一コだけでいい！」

房江の頬《ほお》にイキイキと血の気が差してくる。

房江「あ、あんたと一緒の店なら……私は生み月でも働ける」

豊松「（大きく一、二度頷き）二人が骨身惜しまずに稼げば、石の上……石の上にも三年だ！」

二人はキラキラ光る海に目を細め海風を胸一杯に膨らませる。

あらゆるものを抱擁するように、また一切を無視し、無関心なように、どこまでも黒潮の広がる土佐の海。

×　　　×

元の清水理髪店。

房江、ほとんどもう豊松の頭を刈り終わっている。

房江「なにかいった？」

豊松「いや、なにも」

だが豊松の口許《くちもと》がモグモグ動いている。

（しかし、三年ではメドが立たず、五年が過ぎ……店もやっと目鼻がつき、子供も大きくなり、さて、これからという時に）

豊松、恨めしげにげんなりして見る鏡の前の赤い召集令状。

途端に椅子の上の健一が万歳をし、

健一「ウワーイ！　ヘイタイさんだ！」

豊松の頭を房江が刈り終わる。

豊松、慌てて鏡を覗きこみ、丸坊主の頭を撫《な》でまわし、首をすくめ照れ笑いする。だが次の瞬間には「うム！」と、鏡の中の自分に挙手の敬礼をする。

房江——その豊松の有様に笑い出してしまう。いや、それはひどく悲しくおかしい泣き笑いである。

⑩　**清水理髪店・店の前（昼）**

『祝出征　清水豊松』の幟が立っている。

⑪ 家の中・居間

八畳と四畳半をぶち抜いて送別会だ。
豊松は正面の床の間を背に、国防色の国民服でかしこまり、両横には局長の三宅、薬屋の根本や近所の人達が並んでいる。

根本「さ、一杯いこう」
豊松「ハッ、どうも……(杯《さかずき》を受け取る)」
根本「豊さん、後のことは心配せずにな」
豊松「ハッ、よろしくお願いします(もうすべて軍隊調だ)」

⑫ 同・台所

房江を中心に、近所のおかみさん四、五人が、料理や酒の燗《かん》に天手古舞《てんてこま》いで忙しい。
座敷からはガヤガヤ談笑する人々の声。

健一は台所の隅で頬っぺたに飯粒をくっつけ、寿司《すし》に齧《かじ》りついている。
房江の妹、敏子（18）が、座敷から空の徳利を持って来ておかみさんの一人に渡し、ついでに手を伸ばし寿司を摑む。
房江「敏ちゃん（手を叩く）」
敏子「だって、工場の寮はお芋ばっかりだもん」

⑬ 同・居間

三宅「さ、もう一つ……」
豊松「ハッ（杯を受ける）」
三宅「襟章《えりしょう》はないが軍服と同じ、国民服っていいなァ」
根本「誰でもイガグリ頭になり、この格好になった途端、人間がハキハキ変っちまう、ハハハハハ」
一同、声を上げて笑う。
豊松「しかし、自分はバリカンより重い物を持ったことがありませんので、よほど頑張らないと……」

根本「なあに、豊さん、軍隊じゃ散髪屋は重宝されるそうだぜ」
三宅「ときどき、班長や上等兵の頭を丁寧に刈ってやるんだよ」
豊松「ハッ、そういう具合にうまくいくとよろしいんでありますが」
　　敏子が徳利を持って来る。
三宅「来た来た、熱いのが……これはどこの娘さんかな」
豊松「家内の妹であります」
三宅「ほう、房江さんの……女学校？」
敏子「ハイ、徴用で朝倉の工場におります」
三宅「(頷き) 朝倉は今なにを作ってるんですか？」
敏子「(澄まして) 今はスパイに気をつける、防諜週間です」
三宅「ハハハハ、こりゃ一本やられた。(ぐっと杯をあけ) さ、景気づけに歌でも出すか」
根本「そうだそうだ、皮切りは兵隊さんだ」
　　人々、拍手。
豊松「(頭をごしごし掻《か》き) しかし、自分は芸無しでありますから……」
根本「ヨサコイならやれるだろうヨサコイなら」

人々、拍手。

豊松「それじゃ……」

と胸を張り、大きく息を吸い、目を細めて歌い出す。

土佐の高知のはりまや橋で
坊さん、かんざし……

⑭同・台所

座敷から筒抜けに聞えてくる豊松の歌。

健一が吃驚して座敷のほうを見ている。

おかみさん一「やっと歌が出だしたね」

おかみさん二「やれやれ、これで一息つけるよ」

おかみさん三「でも、豊さん大きな声だね」

と顔を見合わせゲラゲラ笑う。

房江、せっせと寿司を作り続ける。人々には背を向け、全身で豊松の歌を聞きながらだが——その目尻《めじり》には涙が滲《にじ》んでいる。

⑮ 同・座敷

豊松、胸を張って歌っている。
　土佐の名物　珊瑚《さんご》に鯨《くじら》
　紙に、生糸に鰹節《かつおぶし》
　　ヨサコイ……

⑯ 東京——大空襲

B29の焼夷弾《しょういだん》の絨毯《じゅうたん》爆撃で燃え上がっている。

地獄の業火、それは延々と果てしない、赤い炎の大海原——そして夜が明けると、至る所に設置の死体収容所と、後は荒涼としたダダッ広い一面の焼け野原に過ぎない。

(死体置場の有様、ニュースには未編集の短いカットだが、子供の死体を集め積み上げたものがあるので使いたい)

⑰ 中部軍・第三方面・尾上部隊

外地ではなく、本土防衛のために編制し、配備された部隊で、駐屯地の兵舎も山合いの小学校だ。

正面の左の門柱には、栗山村国民学校、反対側の門柱には、中部軍・第三方面・尾上《おのえ》部隊の木札が掲げられ、着剣した歩哨《ほしょう》が立哨している。

校舎は横に長い一棟だけ——それが臨時の兵舎だ。

×　　×

衛庭では応召の第一中隊（約二百名）の初年兵が、小隊、分隊に分かれ、匍匐《ほふく》前進の訓練を受けている。

三八式歩兵銃を携えたまま四つ這いで前進するのだ。

木銃を手に「前進！　前進！」と声を上げ、督励して走り回る班長、教育班長、班付き上等兵達。

豊松は第二小隊の第三班で、息を喘《あえ》がせ、地面へのた打つように前進している。不意に目の前に木銃が突っ立つ。慌てて顔を上げると、班付き上等兵の立石《たていし》が立っている。

立石「ミミズのようにのたくりやがって。三八式歩兵銃がそんなに重いのか」

豊松「あの……自分は散髪屋でありまして」

立石「なにィ?」

豊松「バリカンより重い物を持ったことがありませんので」

立石「この野郎!」

と木銃でしたたかに尻を殴りつける。

豊松「ヒエーッ!!」(悲鳴を上げる)

×　×

銃剣での突撃訓練が行われている。

衛庭の三、四ヶ所に、太い青竹に藁《わら》人形が括り付けてある。

初年兵達――着剣した銃を構え突進して来て、人形を三度突き刺し、駆け足で元の位置に帰る。

豊松、銃剣を構え突進し、一度、二度、三度……だが一度目は空を切り、二度目は脇腹をかすり、三度目で下腹を少し突き刺したので、走って帰りかけると、青竹の斜め背後から「待て……」と中隊長の日高《ひだか》大尉がとどめる。

日高はこんな田舎部隊には珍しい、陸軍士官学校出身の超エリートで、豊松に近付き銃剣を出せと手を出し、豊松が恐る恐る渡す。

日高大尉は銃剣を手にすると、青竹の藁人形に近付き無造作に構え、一閃《せん》、二閃、三閃、あッという間に左胸を刺し終わる。幼年学校から陸士へと鍛え上げた凄《すさ》まじい腕前で、これなら、十人、二十人はたちどころに突き殺せる。

豊松、驚愕《きょうがく》に立ちすくみ、模範を示した中隊長から銃剣を受け取るが、殺気を孕《はら》んだ凄まじいその腕前に慄然《りつぜん》とし、ポカーンと口を半分あけたままである。

×　　　×

第一中隊、第二小隊、第三班の内務班（夜）。

軍人勅諭の奉読が初年兵に対し行われている。

中央の廊下の銃架には立てかけられた。黒い銃の列。傍らには応召だが実戦経験者の班長の木村《きむら》軍曹と、現役兵の教育班長が立ち、鋭い眼を初年兵達に向けている。

軍人勅諭の奉読なので初年兵だけでなく、舎前《しゃぜん》や舎後《しゃごう》の古参兵も全員が直立不動で微動もせず、粛然とした気配が続く。

初年兵A「一つ、軍人は礼儀を正しくすべし！」
初年兵B「一つ、軍人は武勇を尚《とうと》ぶべし！」
初年兵C「一つ、軍人は信義を重んずべし！」

次の初年兵は滝田《たきた》二等兵だ。

滝田「一つ、軍人は……軍人は、質素……質素を？」

しかし、後がいえない。

教育班長「(厳しく) 一つ、軍人は質素を旨とすべし！」
滝田「一つ、軍人は質素……質素を旨とすべし！」
木村軍曹「よーし、では改めて第一条からだ……清水二等兵！」
豊松「ハッ！」

と半歩前に出て、粛然とした夜気の中で胸を張り、

豊松「一つ、軍人は、忠節を……忠節を尽くすを本分とすべし！」

⑱　尾上部隊の兵舎に近い山裾

カーッとした陽射《ひざ》しに、みんみん蟬《ぜみ》の鳴く中で、初年兵を中心に兵隊達が使役に駆り出されている。

横穴式の防空壕作りだが、入口は木枠でもう完成し、中からは兵隊達が、掘り出した土をもっこで担ぎ次々と出て来る。

入口付近で作業を見守る第二小隊の小隊長足立《あだち》少尉は、生彩も覇気もない予備役の応召の将校で、他には各班の下士官や班付き上等兵など――三班の木村軍曹や上等兵の立石の顔も見える。

中から清水二等兵――豊松がもっこの後棒を担ぎ出て来るが、農村出身の先棒の滝田とは呼吸が合わず、歯を食いしばりフラフラだ。班付きの立石上等兵がいきなり手にしている青竹をササラにした鞭《むち》で豊松の尻をブン殴る。豊松、悲鳴を上げ、立石上等兵は更に一、二度……いや、それは止《や》め不動の姿勢を取る。

防空壕から中隊長の日高大尉が出て来る。だが日高は不動の姿勢を取る小隊長以下には軽く目をくれただけで、手にした防空壕の見取図を見つめ始める。
と、三班班長の木村軍曹が、目敏《めざと》く向こうを見て、直属の小隊長は無視し、直接中隊長の日高へ、

木村「中隊長殿！　大隊長殿、見えます！」

大隊長の尾上中佐――この一個大隊（三個中隊）を統率する、部隊長が馬でやって来る。挙手の礼で迎える日高大尉以下に、尾上は馬上で軽く答礼し、作業の状況を一瞥《いちべつ》し、

尾上「日高……他の隊よりも、お前の隊が一番進捗《しんちょく》しているようだな」

日高「ハッ、入口をペトンで固め、銃眼の設置を……防空壕は敵機来襲の際の退避だけでなく、来たるべき本土決戦にも備えるためであります！」

⑲ 夜の空

探照灯の光芒《こうぼう》が夜空をよぎって消えまたよぎる。

⑳ 近畿軍管区司令部・情報室

太平洋のサイパン島から、太い鉛筆の線が、地図を北上して日本列島に向かい、洋上の監視艇まで伸びる。

将校A「(電話を切り) 第37監視艇より報告……サイパンを発進した敵B29の編隊位置は、東経百四十度、北緯二十八度!」

もう一人の情報将校Bが電話を切り、

将校B「潮ノ岬、電探基地より報告、B29の編隊は進路を変更中!」

参謀肩章の大佐が顔を上げ、ジロッと見る。

将校B「(大佐へ) 進路001より、003方向に変更!!」

大　佐「なに!」

サイパンから太平洋を北上した線が、監視艇から右へ屈折し、南紀の潮ノ岬と、四国の室戸岬の間へ伸び始める。

担当将校Cがブザーを鳴らし、

将校C「来るぞ、来るぞ、こっちだ……関東じゃない、関西だ!　(大佐へ) 警戒警報発令します！」

　大佐が頷き、将校Cは素早くマイクに向かう。

将校C「近畿、中国地区、警戒警報発令！　京都、大阪、奈良、和歌山、兵庫……」

×　　×

　同じ建物の放送室でNHKのアナウンサーが放送している。

　府県別の警戒警報の橙色《だいだいいろ》のランプが、次々と空襲の赤に変っている。

アナウンサー「発令！　空襲警報発令！　……兵庫、岡山、広島、山口、徳島、香川、愛媛、高知地区、空襲警報発令、空襲警報発令！」

㉑　土佐――汐見岬に近い海辺の町

　夜の潮騒へ空襲警報のサイレンが鳴り始めている。

×　　×

　清水理髪店。

　仕事中の房江がハッとして客と顔を見合わせ、慌てて表のガラス戸の暗幕を引き、電灯の遮蔽幕《しゃへいまく》を下ろす。客はとまどい、健一は本能的な恐怖で、房江の上《うわ》っ張《ぱ》りにしがみついている。

㉒

中部軍・第三方面・尾上部隊

尾を引く空襲警報のサイレンに、窓の灯が次々と消え、兵舎は闇《やみ》に溶け込み始める。その裏側では、「空襲！」「退避！」「退避!!」乱れ飛ぶ命令に、兵舎を飛び出す軍装の兵隊達。

豊松は三班の連中と共に、ところどころで誘導する衛兵の懐中電灯を頼りに、顔を引《ひ》き攣《つ》らせ防空壕へ走っている。

㉓

中部軍――司令部

車のライトに着剣が光り「中部軍司令部」の木札が浮ぶ。

厳重な地下壕の入口に、着剣した立哨が二名立ち、慌ただしくやって来た、将官旗を立てた車が止まり、司令官の矢野《やの》中将が、副官と一緒に降りて中へ入る。

㉔　同・司令部・司令官室

ペトンで固めた地下壕で音を立てて回る扇風機。
矢野中将、司令部参謀の報告を受けている。

参謀「二十時十五分現在、潮ノ岬南方方面を北進中の敵Ｂ29の編隊機数は、三百八十、乃至《ないし》四百機と推定されます」
矢野「四百機！……（顔が歪《ゆが》む）」
参謀「かってない大編隊であり、第三並びに第五航空部隊より、航空機による迎撃を強く要望しております」
矢野「…………」
参謀「具申理由は、Ｂ29の無差別爆撃が日々激しさを加えるにも拘《かか》わらず、我が方の航空機が飛ばないことから、人心が動揺し、一般国民の士気に影響する恐れが多分にある、本日は是非！」
ギュッと唇を結び考え込んでいる矢野中将。
矢野「（やがて顔を上げ）……航空機に依る迎撃は、大本営より月に二回と定められておる……本土決戦も間近い、航空機は一機でも二機でも温存せねば……地上砲火で対応、撃退せよ！」

㉕　B29の攻撃に曝された中都市

サーチライトの光芒が交錯し、不気味な爆音は絶え間がなく、連続的な焼夷弾はまるで驟雨《しゅうう》である。
高射砲は時折反発するが効果はなく、B29の一方的な蹂躙《じゅうりん》で、中都市は延々とした——断末魔の一面の火の海になっていく。

㉖　第三方面——尾上部隊・山裾の防空壕

すし詰め状態の兵隊達。
入口付近で豊松ら初年兵がヒソヒソ話し合っている。

滝田「長い空襲やな」
兵隊A「そりゃお前、近畿から中国、四国と範囲が広いからだよ」

兵隊Ｂ「目標は中都市だよ……東京だの大阪だの、めぼしいとこはやられちまったからな」

豊松「中都市ていうと？」

兵隊Ａ「広島だの、岡山だの、高知だの……」

滝田「俺ンとこは大丈夫かな、藁屋根だから燃えやすいんだが……」

兵隊Ａ「馬鹿野郎、いくらアメちゃんに爆弾が余ってるからって、山の中の三軒家《さんげんや》までは……」

途端に遠くから鈍《にぶ》い遠雷のような高射砲の砲声。

「来たな⁇」

近くの都市へＢ29の編隊がやってきたのだ。

兵隊達、耳を澄まし思わずしゃがみ込む。

シャーーッ！　と焼夷弾の落下音が聞え出す。

全員、耳を押え恐怖で体が異常なまでに固くなる。

焼夷弾の落下音は、雨のような音になり、時折には爆弾が混じるのか、ズーン、ズズーンと、遠雷のような地響きに、防空壕がギシギシ不気味に震動し始める。

㉗ 中部軍・司令部

矢野中将に参謀が報告している。

参謀「只今迄《ただいままで》に判明致しました被害は、明石、姫路、岡山、高松、徳島、高知の各都市が、その市街の八割を消失した模様であります」

矢野「………」

参謀「死傷者は多数の見込みでありますが、これは各府県警察本部が取りまとめ、後程、詳細に……」

矢野「軍事施設の被害は?」

参謀「焼夷弾による一般住民への都市攻撃でありますから、今のところは別に……」

矢野「戦果は」

参謀「は?」

矢野「戦果だ!」

参謀「高射砲の対空攻撃により、撃墜一、大破五、被弾せしめたもの約二十機であります」

矢野「撃墜は明確に確認したのだな」
参謀「第二十五及び第二十九監視所より、火を噴き、第三方面の大北山《おおきたやま》山中へ墜落するのを確認しており、尚その際、同機より搭乗員四、五名が、落下傘により降下するのを認めております」
矢野「命令！」
参謀「はッ」
矢野「払暁《ふつぎょう》を待ち、捜索隊を大北山に派遣し、搭乗員を捕縛、直ちに……（といいかけるが）直ちに適切な処置を行え！」

㉘ 中部軍・第三方面――尾上部隊（早朝）

夜明けの深いしじまに兵舎はまだ森閑としている。

×　　×

同・部隊長室（元来は校長室）。
シャツのままの尾上中佐に、日高中隊長が復唱している。
日高「復唱！　日高大尉は麾下《きか》の一個中隊をもって、払暁に大北山山中へ急行、墜落せる敵機より、離脱降下した搭乗員の捕縛処置を致します！」
尾上「(頷き) 司令部がガンガンいってるから、早く済ましてくれよ。捜索が困難のようであれば」
と少し白みはじめている窓の外の校庭を見て、
尾上「二中隊と三中隊を応援に出す」
日高「ハッ！」
直立不動で敬礼する。

㉙ **大北山**

× ×

朝霧のためまだ山容は浮かび上がらない。
その山腹の斜面。
日高大尉指揮の一個中隊が山狩りをしている。

× ×

第二小隊第三班の動き。

兵隊達は霧の中を一列に散開、樹上の梢《こずえ》を見上げ、灌木《かんぼく》や雑草を押し分け確認し、斜面を這い上がっているが、初年兵達はダラダラ汗でもう喘いでいる。

と、豊松ら三、四名が露草に軍靴《ぐんか》が滑り、「アッ」と声を上げ、窪地《くぼち》へ滑り落ちる。立石上等兵、怒鳴る。

立石「あほんだら！　なにをしてるんだ、早く上がれ！」

豊松達、慌てて這い上がるがまた滑り落ちる。

銃を背中に、喘ぎながら、滑っては落ち、滑っては落ち、死物狂いに窪地から這い上がる豊松達。

×　　×

山腹の稜線《りようせん》のなだらかな広場。

草の上に豊松達が座り込みホッとしている。

霧はすっかり晴れ上がり、鳴き始めている山鶯や小鳥達の声。休憩は第二小隊だけでなく、第一、第三小隊も銃を組合わす叉銃《さじゆう》を終り、休憩を始めている。

その広場の果て――やや登り勾配《こうばい》の木立ちの前に、日高大尉以下の中隊幹部が集まっている。

立ち木には発見して逮捕した米兵三名を縛りつけている。だが火傷のため左端の一名は死亡、後の二名も虫の息で、第二小隊長の足立が日高に報告している。

足立「衛生兵二名をもって、直ちに手当を行いましたが、(と指差し) 一名は死亡……残る二名ももう意識がありません」

日高「連行はおろか、尋問も不可能だな?」

足立「はッ」

日高「では仕方がない、二名を処分する」

足立「は?」

日高「命令だ、士気高揚の為《ため》に、初年兵教育を実施!」

足立「はッ! (ギクッとして思わず顔が硬張《こわば》る)」

×　　×

中隊全員の整列が各小隊ごとに終っている。

その第二小隊で足立少尉が兵隊達に訓示している。

しかし、応召のその将校の語気にはもう一つハリがない。

足立「今や……銃後では、非戦闘員の女子供、（詰る）女子供、老人でさえもが竹槍《たけやり》
……竹槍を握り締め、国の守りについておる」
傍らで、苦々しく聞いている日高。
足立「その女子供の前にいるのがお前達だ。その……お前達のセ、精神（いい直す）
お前達の、軍人としての精神、鍛練を積む、またとない機会である……只今《ただいま》か
ら第一線の戦闘に即した、突撃訓練を実施する！」
といって列線中の班長の顔を見回し、
足立「木村軍曹！」
木村「はッ！」
足立「第三班より、二名、選抜せよ」
木村「はッ！　第三班より二名選抜します」
木村、列線から出て初年兵達を見回し始める。
直立不動の初年兵達、木村と目が合う瞬間ギクッとする。
木村「立石、一番タルンでる奴にやらせろ」
立石「はッ！」
列から立石が前に出て、木村に代わり初年兵達を睨《にら》み回す。

初年兵達、直立不動のまま化石したように動かない。
立石「滝田！」
滝田「はッ！」
立石「清水！」
豊松「（ビクッと体が震える）はッ！」
立石「一歩前へ！」
滝田と豊松、列中より一歩前に出る。
立石「貴様らは揃《そろ》いも揃ってグズだ。いいか、今日は中隊長殿、小隊長殿、班長殿の前で、立派な帝国軍人になったところをお見せしろ」
滝田「はッ！」
豊松「はッ！」
二人の顔は全く血の気が失《う》せ真ッ青になっている。
難を逃れホッとしながらも、固唾《かたず》を飲み様子を見守る初年兵達。
日高「（二人へ近づく）顔色がよくないな」
豊松、ゴクッと生唾《なまつば》を飲み込む。
日高「軍事施設ならともかく、お前達の家を狙って焼き、妻や子供まで殺したのはあいつ達だぞ。（と向こうの立ち木の米兵を指差し）お前達はあいつが憎くないのか」
滝田「に、憎いです」
日高「お前はどうだ」
豊松「憎いであります」
日高「よしッ、じゃ思い切ってやるんだな……付け剣！」
二人、腰の帯剣を抜き、豊松は震える手で銃に付着し、滝田も付着する。
日高が木村に目配せし、木村軍曹がそれを受け命令する。
木村「目標！　滝田二等兵は左の米兵！　清水二等兵は、右の米兵！　……突撃に……進め!!」
二人、走り出す。だが豊松は立ち木の手前で立ち止まり、滝田も連られて立ち止まってしまう。
顔色を変えた立石上等兵が、息を切らし、走って来て二人をブン殴る。
立石「臆病者！　なンてザマだ！」
と振り返り、
立石「交替！　後藤と谷本！」

と、その時、日高大尉がゆっくり彼等の所へやって来る。
立石はピクッとし、豊松と滝田は青くなり不動の姿勢をとる。
日高「交替の必要なし」
立石「は？」
日高「(静かに豊松と滝田に) なぜやめた」
二人、答えられない。
日高「お前達は、上官の命令をどんなふうに心得ておる」
豊松「(姿勢をただす) 上官の命令は朕《ちん》の命令と……」
日高「(豊松と同時に踵《かかと》を鳴らし不動の姿勢をとっている) そうだ、その通りだぞ。
上官の命令は事のいかんを問わず天皇陛下の命令だ！」
真っ青になり突っ立っている豊松と滝田。
その銃を握りしめた豊松の手がブルブル震えている。
日高「元の位置に戻れ、駆足！」
豊松と滝田は、駆足で元の場所に戻り、木村軍曹や、立石上等兵の睨み
つける視線の中で位置につく。
日高「(向こうから) 突撃……」

豊松、滝田、改めて銃剣を構える。

日高「進めッ!!」

二人、走り出す。

今にも泣きそうに歪んで硬直した豊松の顔。

土や草や小石を蹴《け》る軍靴、構えた銃剣。

歯を食いしばり銃剣を構え突進するその清水豊松。

㉚ 青い空に

ピカッと閃光《せんこう》が走り、不気味な轟音《ごうおん》で、巨大な原子爆弾のキノコ雲がニョキニョキ脹《ふく》れ上がる。

× ×

——敗戦で、復員列車が走っている。

兵隊達だけではない、一般の人々も乗り込み、窓にまで鈴なりのブラ下がりである。

——闇市は喧騒《けんそう》と混乱のルツボだ。あらゆる商品が出回り、あらゆる男や女が明日の糧《かて》、いや、今日の糧にギスギスしている。しかし、それは打ちひしがれた敗戦から立ち直る――人々の野性的なエネルギーかも知れない。

㉛ 土佐――清水理髪店の表（冬）

窓ガラスには紙テープも、戦意高揚のポスターもなくなり、ＢＡＲＢＥＲと英語の文字が書かれ、中からはラジオの『東京の花売娘』が流れている。

㉜ 店の中

豊松、酒井正吉の頭を刈っている。
腰掛けには局長の三宅が新聞に目を通し、他にはもう一人の客。

酒井「正直、豊さんにまた頭を刈って貰《もら》うなんて思わなかったぜ」
豊松「うん、まァ、（とニコニコ）お互いに運が強かったんだよな」

酒井「ところで豊さん、軍足が五十足ほどあるんだがな」
豊松「しかし軍足は今、一寸だぶり気味だよ。一足で米なら五合、金なら六十円というとこかな」
酒井「一足で三円や五円ならいいが、十円もピンハネじゃねえだろうな」
豊松「な、なにいいやがる。元はタダじゃねぇか」
その時、表のガラス戸が開き、薬屋の根本が、
「寒い寒い」
と入って来るが、局長の三宅を見ると視線を避け、コソコソ豊松の傍らへ寄り、耳へ口を寄せ、
根本「豊さん、サッカリンを大量に卸す奴が来てるんだがね」

㉝ 家の中・台所

房江が敏子の持って来た米を桝《ます》で量り、米びつに入れ、敏子は交換の軍隊用の毛布を手にして調べている。
敏子「これでおしまいなの」

房江「もう一枚あるけど、健一のオーバー作るのよ」
敏子「すると、兄さんが持って帰ったのは、毛布五枚だけ？」
房江「でも、ずいぶんそれで助かったわ」
敏子「けど、最近は闇で大分儲《もう》けてるって噂《うわさ》ね」
房江「（苦笑）人の集まる商売だから、いろいろ話が出るのよ」
といって米を入れ終わり米びつの蓋《ふた》をし、
「何がいくらとか、誰が何を持っているとか……そんな話の受渡しや、人と人を紹介する程度のことよ」
敏子「なぁーんだ、ダラシがない。散髪屋なんかやめて闇ブローカになり、大儲けでもすりゃいいのに」
房江「冗談じゃないわよ。せっかく戦争で命を落とさずに、帰って来たんだから、商売には身を入れ……今年は子供も一人増えるしね」
敏子「え？　姉さん、子供が⁇」
房江「（頷き）多分六月か七月になると思うけど」
といってクスンと笑い、
房江「あの人、大喜びでね、今度は女の子、女の子だと、名前までね。その上、店を広げ職人の一人も、そうすればお前も少しは楽になんて……（しみじみ）私達には夢みたいなのよ。理髪台を増やし、鏡を入れ替え、道具も一つ一つ……話し込んでちゃ駄目、さ、仕事仕事」

㉞ 店の中

ラジオが『リンゴの唄』に変っている。
渋る豊松に、根本はなおもヒソヒソねばっている。

根本「大丈夫だって豊さん、間違いないルートに乗ってるんだ」
豊松「でも、この間のガソリンみたいに、ドラム缶開けたら、泥水だなんてこともあるし……やっぱりやめとくよ」
根本「（仕方なく諦《あきら》め）儲かるんだがな……（酒井に）正ちゃんどうだい、一口乗らないか」
酒井「乗せてもらいたいが、元手がないんでね」
根本「惜しいなァ……それじゃ……」
とブツブツ呟《つぶや》き出て行くのを、局長の三宅が新聞から顔を上げジロッと見送る。

三宅「明けても暮れても、闇々か……情けない時節になったもんだ」

酒井「戦争に負けたんだから、しょうがないでしょう。文句があるなら東条さんにいって下さいよ」

三宅「なに！」

酒井「まるっきり勝つ見込みもねぇ戦争をおッぱじめやがって、日本中を丸焼けにし……何十万、何百万の人間を、虫けらみたいに殺しちまう」

三宅は何かいいかけるが、口をへの字に結んで黙る。

酒井「そうじゃないですか、局長さん」

居間から、房江が出て来て、

房江「どうもお待遠様！」

三宅の横の客が立ち上がり、理髪台に腰を下ろし、房江が仕事を始めると、不機嫌に黙り込んでいた三宅がブツブツ、

三宅「戦争を起こした責任者はだな、戦犯として裁判をするため、今、アメリカ軍が逮捕している、日本人の我々がそれをどうこう……」

酒井「アメ公がやらなきゃこっちがやるよ。勝つ勝つと大きな嘘《うそ》ばかりつきやがって

……フン、一日も早くふんづかまり、みんな死刑になっちまえばいいんだ」

三宅「ジョ、冗談じゃないよ、そんな！」

酒井「（豊松に）いい気味だよな。戦争をおッぱじめた大臣だの大将は、心配で心配で夜もおちおち眠れんだろう」

豊松「（心の底から）よかったよなァ、俺達は二等兵で」

酒井「当り前だよ。赤紙一枚で引っ張り、牛か馬みたいにブン殴ったり、どやしつけたりしやがって……」

ガラス戸越しに表の道へジープが一台来て止まる。

豊松「？（変な顔をして見る）」

酒井「なンだろうな？（と鏡の中で見る）」

表から健一が駆け込んで来る。

健一「お父ちゃん、ジープが来たよ」

ジープからは、運転していた背広の男、後部座席からはＭＰ（ミリタリー・ポリス）が二人降り、人々の怪訝《けげん》な視線の中で、背広の男が先頭でガラス戸を開けぞろぞろ入って来る。

背広の男「県の警察部の者ですがね」

豊松「ケンの警察部?」
背広の男「(頷き) あなたが清水豊松さんですね」
豊松「は、そうですが?」
背広の男「戦争中の兵役は、中部軍、第三方面……尾上部隊の日高隊ですね?」
豊松「そうです」
背広の男「戦犯容疑で逮捕します」
豊松、意味が分からず妙な顔をして、
豊松「セ? セ……??」
だが背広の男は委細構わず、ポケットから出した手錠をガチャン、ガチャン! と豊松の両手に嵌《は》める。
豊松、ギョッとして手の中の鋏《はさみ》を落としノケ反るほど驚く。
思いがけない出来事に唖然《あぜん》となる店内の人々。房江は真っ青になり健一を抱き締め立ちすくんでしまう。
ラジオで続いている明るい陽気な『リンゴの唄』。
背広の男に促され、豊松は訳が分からないまま、店の中から外へ——だが反射的に入口で立ち止まり、健一を抱き締め、立ちすくんでいる房江を見る。そして泣き笑いのように、豊松「何かの、何かの間違いだよ……俺は戻る、直《す》ぐに戻ってくるからな」

㉟　町の道

　ジープが走っている。

㊱　そのジープの中

　豊松は後部座席で、両側のMPに押し潰《つぶ》されそうだ。
　だがそんなことより訳が分からず、なんだか釈然とせず、異様な緊張にモソモソしていたが、やがて耐えられなくなり——運転台の背広の男へ、
豊松「あの、ちょっ、ちょっと……」
背広の男「どうした?」
豊松「小便……小便です」

㊲　町外れの道

道端にジープが止まっている。

豊松は中から降ろしてもらい、山側の斜面の木立の前で、手錠のまま立小便をしている。

小便が終わると、背広の男と一緒に、もそもそジープへ引き返し始めるが、急に立ち止まる。目の前に忽然と海が開ける。

――そこは町外れのあの汐見岬の高台だ。

豊松、大きく息を吐き、思わず伸び上がって見る。

どこまでも広く、轟々と荒れ狂う――果てしない怒濤《どとう》の重なる土佐の海。

豊松、顔が歪む。荒れ狂う海に取りすがり、訴え、助けでも求めるように、房江に告げた言葉が蘇《よみがえ》ってくる。

だがそれは――さっきのような泣き笑いでなく、無意識の祈りにも似た、強い言葉の迸《ほとばし》りでもある。

豊松「何かの、何かの間違いだよ……俺は戻る！　直ぐに……直ぐに戻ってくる！」

㊳ 東京——巣鴨プリズン

周辺は焼け野原だが、奇跡的に戦災を免れた東京拘置所を米軍が接収し、主監房のレッド、ブルー、イエロー地区、管理部本庁舎のグリーン地区、さらに米軍兵舎や居住区を設置し、旧東京拘置所を倍以上に拡充した戦犯容疑者の収容施設で——七基のタワー（望楼）には兵士が実弾装填のカービン銃を手にする、水も漏らさぬ厳戒態勢の巣鴨《すがも》プリズンである。
メインゲートの扉が開き、先導のジープに続き、米軍のバスが出て来て走りだす。

㊴ 焼け野原の東京市街を走る先導のジープとバス

㊵ バスの中

豊松、手錠のまま東京の焼け跡を呆然と見ている。
乗っているのはP印の囚人服を着た二、三十人の戦犯容疑者達で、同じ初年兵だった滝田、かっての上官の足立少尉、木村軍曹、立石上等兵、部隊長の尾上中佐などの顔も見える。その一番後尾の席には一人離れてポツンと矢野中将の姿。
豊松の背後でかっての直属上官に気軽に話しかけている木村。
木村「足立さん、なぜ我々は横浜なんでしょうね」
足立「さァ、それは……市《いち》ヶ谷《や》に軍事法廷があるらしいが、A級戦犯で手が一杯、B、C級まで裁く余地がない。ところが東京はこの通りの焼け野原で、B、C級を裁判する建物など、どこにもないからではないでしょうか」
豊松、窓外の途方もない廃墟《はいきょ》に目を奪われたまま、前の席へ、
豊松「滝田よ……これじゃ大勢の人が死んだんだろうな」
滝田「ああ、一晩に十万とか二十万とかな」

×　×

バスが東京市街を走り抜け、横浜市内に入る。

㊶ 横浜——第八軍の軍事法廷の建物

㊷ その内部

正面に星条旗を飾る、焼け残った元横浜地方裁判所の一室だ。

米軍将校の判事、検事、日系二世の通訳が所定位置についている。

被告席には囚人服の矢野（元中将、軍司令官）、尾上（元中佐、大隊長）、足立（元少尉、小隊長）、木村（元軍曹）立石（元上等兵）、滝田（元二等兵）そして——豊松。

矢野が判事の前に立ち尋問に答えている。

矢野「私は捕虜を適当に処分せよと言ったのであって、処刑せよとは言わなかったと思っております。しかし当時の司令官としては、部下の行為には深く責任を感じております」

× ×

尾上が起立している。

尾上「戦局が緊迫していた時のことであり、また電話命令であったため、この件にはハッキリ記憶がありません。確か司令部よりの命令は、捕虜の逮捕ではなかったかと……」

×　×

被告席で起立している足立。

足立「終戦当日、現地で自決された日高中隊長は、大隊本部よりの命令である旨を明白に告げられ、かつ、自ら指揮をとり処刑を行われました。日高中隊長が直属上官より、命令を受けておられたことは、動かすことの出来ぬ事実であると自分は思っております」

×　×

被告席で起立している木村。

木村「足立小隊長殿より、内務班の全員を以《もっ》て捜索隊を出すように命令を受けましたが、たまたま私の班の兵隊が、真ッ先に捕虜を発見しましたので……」

×　×

被告席に起立している立石。

立石「いえ、私個人の意志ではありません。日高中隊長と足立小隊長、並びに木村班長の命令により、滝田、清水両二等兵を、刑の執行者として選び出したのであります」

×　×

被告席に起立している豊松。

判事「（英語）被告は自分の意志で処刑を実行したのか？」
通訳「（妙なアクセント）あなたは、あなたの気持ちで、殺すことを行ったのですか？」
豊松「（ムッとする）なんべんいったら分かるんです。日高大尉殿に命令されたからです」
通訳「（英語）日高の命令だといっています」
判事「（英語）命令を受けたのなら命令書があったはずだ。その書類には誰のサインがしてあったか？　矢野か？　尾上？　それとも、ハラキリ自殺をした日高か？」
通訳「命令された時、その書類に誰の名前、書いてありましたか？」
豊松「書類？　……命令に書類なんか……（自分の口を押さえ）これです、これ、これ！」
通訳「(英語) 書類はない、口頭だと言っております」
検事「(検事席から英語) こんな重大な命令が書類なしに行われるはずがない。被告は日高達と共同謀議の上で処刑したのだ！」
判事「(英語) 書類の有無は別として、被告はその命令が不当なものであるとは思わなかったのか」
通訳「あなたの気持ち、その命令がよいことだと思いましたか」
豊松「？」
通訳「(繰返す) あなたの気持ち、その命令がよいことだと思いましたか？」
豊松「いいも悪いもありませんよ、上官の命令は天皇陛下の命令です。絶対に服従しなければ……」
と思わず被告席を振り返り、被告達が頭を垂れてしまう。
通訳「(英語) 天皇の命令だから仕方がないといっています」
検事「(英語) 天皇？ (と両手を広げて首をすくめ) では被告は天皇に直接会ってその命令を受けたのか」
通訳「あなたは、天皇に会ってその命令を受けたのですか？」

豊松「（吃驚する）な、なにを馬鹿な……」
判事「（英語）いかなる上官の命令といえど、本人が不当と思えば拒否出来るはずだ、なぜそれを拒否しなかったのか？」
通訳「あなたは、その命令をどうして断わらなかったのですか？」
豊松「（呆《あき》れ返る）分からねぇんだな、そんなことしようもんなら銃殺だよ、（ブツブツ）なにいってンだ、全く……」
通訳「（英語）拒否すると、銃殺されるといってます」
判事「（英語、理解出来ない）不当な命令と思えば、軍律会議に提訴すればよいではないか？　それを怠ったのは、被告にも殺す意志があったからではないのか」
通訳「あなたの心は捕虜を殺したいと願っていたのでしょう」
豊松「ココロ……（泣き出しそうな顔になる）あんたはね、いったいどこの国の話をしているんです。ええ、日本の軍隊では、二等兵は牛や馬と同じなんですよ、牛や馬と！」

㊸ 東京・巣鴨プリズン――望楼

夕暮れの空を背景に、米兵がカービン銃を手にチュウインガムを噛み、監視の目を光らせている。
その見た眼で――焼け跡の街路をジープに先導されたバスが帰ってくる。

㊹ **メインゲート**

扉が開きジープとバスが入り扉が閉まる。

㊺ **レッド地区・主監房二号棟（雑居房）**

豊松がジェラー（アメリカ第八軍の兵士、看守を意味する呼称）に付き添われ、廊下を歩いている。

㊻ **同・十八号室**

十四畳ぐらいの広さで、六、七人の戦犯容疑者が、手紙を書いたり、巣鴨新聞に目を通したり、雑誌を読んだりしている。
廊下を靴音がして金網の向こうへジェラーと豊松が現れる。

容疑者A「散髪屋、帰って来たぞ」
ジェラーがドアを開け、疲れ切った豊松が入って来る。

容疑者B「どうだ？　うまくいったか？」
豊松は返事もせずにゴロンと畳の上へ横になる。
手紙を書いていた山口（元、新聞記者）が話しかける。

山口「どうした？　えらく元気がないじゃないか」

豊松「暖簾《のれん》に腕押しですよ。向こうのいってることは、分からず、俺のいうことは通じない。おまけに通訳の日本語がチンプンカンプン、話にもなにも……あーあー早く済まねぇかな」

山口「ねばらなきゃ駄目だよ。ものの言い方一つ、心証一つで、五年の重労働が十年になることもあるんだからね」

豊松「冗談じゃない。私は、日高大尉殿や、木村班長殿の命令で」

山口「もう、殿はいらんよ」

豊松「俺は、（とムックリ畳の上へ起き上がり）確かに、捕虜を銃剣で突いた……しかし、肝ッ玉が縮み上がっちまい、銃剣は右の腕を少し掠《かす》っただけでね。だから班付き上等兵や、木村軍曹に、臆病者、ノロマ、第三班の面汚しとかで、足腰も立たんほどブン殴られたんですからね」

山口「ふーむ、すると一体その捕虜を殺したのは？」

豊松「誰も彼もありませんよ。松の木にくくりつけている間に、この世からは、オサラバしちまっていたんだから」

山口「(頷く) ほう……なるほど、そういうことか」

豊松「そんな俺を、裁判にするなんてことが大体……」

廊下から、ジェラーが食事号令のホイッスルを吹く。

「ケーピー！」

×　　×

一同がそれぞれプレートの容器を前にし飯にしている。

豊松に向かい合った山口、喰いながら説得している。

いや、他の者までが人のいいこの散髪屋のことが気になる。

山口「君だけじゃないよ、清水君……ブルー地区のAブロックにいる、戦争をおッ始めたお偉方は別として、俺達は誰一人こんな所へ閉じ込められる筋合いはないよ。しかし、放《ほう》り込まれた以上は、少しでも罪が軽くなるように、出来るだけのことをしないとね」

豊松「(ムキになり) そんな理屈は俺には……とにかく一日も早く帰して貰いたいよ。郷里じゃ女房と子供が……いや、今年は女房が子供を！」

山口「無理だよ、それは。君の関係している『大北山事件』は、検事の論告だけの変則審理で、弁護士はまだだろう」

豊松「ああ、まだですよ」

山口「弁護士がつかなきゃ公判にならんよ。構成は日本人とアメリカ人の組み合わせだが、『大北山事件』は関係者が多いから複数になるだろうし、これがなかなか……日本側の弁護士に希望者が少ないからね。また、これらが決まれば裁判は一部やり直しになるし、事件のラチが明くのは、秋から暮れ……早くても、今年一杯が関の山だろうね」

豊松「ジョ、冗談じゃないよ、年の暮れなんて！（カッとなり）俺にはさっきもいった通り、近いうちには子供が！」

隣りにいる田代が静かな語調で話しかける。

田代「清水さん……あんたと入れ違いに刑が決まり、ブロックチェンジした人に、秋《あき》本君《もと》という人がいましてね」
豊松「はァ?」
田代「罪名は捕虜虐待……捕虜収容所で木の根を削って喰わしたんですよ」
豊松「上官の命令で?」
田代「いいえ、自分の意志による単独行為です」
豊松「そりゃよくないいや。木の根を喰わすなんて……」
山口「ところが、その木の根は、牛蒡《ごぼう》のことなんです」
豊松「え? ゴ、牛蒡!」
田代「戦争中は僕等の口にも入らない貴重品ですよ、牛蒡は……食料事情の悪化で、捕虜が栄養失調になるのを見かね、牛蒡を喰わしたが、それが裁判の結果重労働五年です」
豊松「ふーーむ(開いた口が塞《ふさ》がらない)」
山口が向こうから、
山口「牛蒡を喰わしても重労働五年だよ。君は現実に、捕虜の右腕を銃剣で刺している。どんなに軽くても、重労働二十年乃至二十五年だろうな」
豊松「え、二、二十五年……!? (蒼くなる)」

㊼ 土佐の海（朝）

黒潮がうねり、ところどころがキラキラ光り広がっている。
豊松と房江が初めてこの汐見岬に立った時と同じ黒潮である。

㊽ 清水理髪店

店の掃除を済まし、房江が百合《ゆり》を花瓶に活けている。
初夏を象徴する山百合は大きな花弁で香気が強い。
房江、花を活け終わると、手早く剃刀を砥石で研ぎ始める。だが時折、
肩で呼吸する。下腹の膨らみはもう臨月だ。
と、表から健一が駆け込み、

健一「お母ちゃん、十円！」
房江、黙って剃刀を研ぎ続ける。
健一「飴《あめ》売《う》りが来てるんだよ！（イライラ足踏み）」

房江「駄目、駄目、（手を止め）そんな無駄使いすると、お父ちゃん、帰って来て怒るわよ」

健一「じゃ、いつ帰って来るの？」

房江は何かいおうとする。だがなにもいえず、黙って剃刀を研ぎ始める。

健一「お母ちゃんの嘘つき！　直ぐに直ぐにと、嘘ばっかりいってるじゃないか！」

房江、なにもいえず、臨月の肩の呼吸で剃刀を研ぎ続ける。

㊾　横浜——第八軍軍事法廷の建物

枯葉を巻いた木枯しが唸《うな》っている。

夏が過ぎ、秋も過ぎ、道行く疎らな人々も冬衣装で、灰色の空の下の建物に、無人の米軍バスとジープが妙に重々しい。

㊿　同・内部の法廷

『大北山事件』の判決が言い渡されている。

判事、検事、通訳、弁護人が所定の位置につき、矢野が判事の前に進み出ている。両脇には付き添うMP二名。
息を殺し様子を見守っている豊松ら他の容疑者達。

判事「（英語）被告は、搭乗員捕虜を不法かつ故意に処刑するよう命令した疑い、その他、あらゆる訴因について有罪、絞首刑に処す」

通訳「あなたは捕虜を勝手に殺せと命令した疑い、その他、全部の問題に有罪……絞首刑」

凍りついたような顔付きになる豊松他の被告達。
矢野はなにもいわずにただ黙って頭を下げる。

×　　×

尾上が立っている。

判事「（英語）被告の罪状は矢野正弘《まさひろ》と同一、絞首刑に処す」

通訳「罪は矢野と同じ……絞首刑」

×　　×

足立が立っている。

判事「（英語）被告は、搭乗員捕虜を処刑する命令を拒否出来る立場にありながら、不法かつ故意にこれを実施し、処刑の補助を行った。即《すなわ》ちBCの訴因について有罪、終身刑に処す」

通訳「あなたは捕虜を殺す命令を断わらず、殺すことを手伝った。だからBとCの問題に有罪……終身刑」

× ×

木村が立っている。

判事「(英語) 被告は、搭乗員捕虜を不法かつ故意に処刑する補助を行った。即ちBの項目について有罪、重労働二十五年に処す」

通訳「あなたは、捕虜を殺すことを手伝った。だからBの問題に有罪……重労働二十五年」

隣り合わせの豊松と滝田、ハッと顔を見合す。

滝田「(小声で) 助かるぞ……これなら」

豊松「(勢い込む) ああ、だんだん軽くなる」

× ×

立石が立っている。

判事「(英語) 被告の罪状は木村広《ひろし》と同一、重労働二十年に処す」

通訳「罪は木村と同じ……重労働二十年」

×　×

判事「清水豊松」
通訳「シミズ、トヨマツ」
　　豊松、立ち上がり前へ出ようとする。だが足が動かず、両脇からMPが付き添い判事の前に連れ出す。
判事「(英語) 被告は、搭乗員捕虜を不法かつ故意に処刑し殺害した。即ちAの項目について有罪、絞首刑に処す」
通訳「あなたは捕虜を殺した。だからAの問題に有罪……絞首刑」
豊松「……!!」
　　素早く豊松に手錠をかけるMP。
豊松「(判事に向かいワナワナ口を震わす) オ、俺が!」
　　MP、両脇からもがく豊松の腕を取り、判事の前から引き離し始める。
豊松「(必死に) ど、どうして……俺が!?」
　　形容も出来ない怒りと悲しみで、豊松は激しくもがくが、MP二人に引き立てられ、法廷から連れ去られる。

判事「（無表情に）滝田和雄」
通訳「（無表情に）タキタ、カズオ」

㊿ 巣鴨プリズン——空からの俯瞰

広大な敷地にレッド地区六棟の主監房、左手前にブルー地区の監房、中央にはグリーン地区の本館の管理庁舎、右にはイエロー地区の病監区域の監房、それらにそれぞれタイトルだが、ブルー地区の北西には、グラウンドに似た広い空間地があり、その広場のいちばん奥まった片隅にある小さな奇妙な建物に、

「刑場」のタイトル。

刑場の広場に面した入口には門があり、門には、

「地獄門」のタイトル。

㊼ レッド地区・主監房五号棟（独房）

死刑囚を収容する獄舎で独房の窓が寒風の中に並んでいる。

㊽ 同・五十一号室

畳二畳程度の広さで、奥は一畳ぐらいの板の間になり、水洗便所の蓋を腰掛けにした机、上には物入れ、その横に風の音がする窓があり、反対側には水道栓の洗面所がある。
死刑囚の大西三郎《おおにしさぶろう》（28）が、ボール紙の将棋の盤にボール紙の駒を動かしている。眉目《びもく》の整った青年だ。
廊下を近づいていた靴音が部屋の前でとまる。

ジェラー「（窓を警棒で叩き大西へ英語）相棒だよ」
とドアを開けるが、その横には豊松が真青な顔で立っている。
ジェラー「（豊松へ手真似）入れ」

大西「さ、どうぞ……（立ち上がる）」

　豊松、恐る恐る入り、ジェラーはドアを閉めて去るが、豊松は入口に立ったままオドオド中を見回す。

　大西はなにもいわずに、水道栓をひねりコップに水を入れ、豊松へ差し出す。

豊松「御世話になります……」

　喉にひっかかったような声で、コップを受け取り水を飲むが、終わると今にも泣き出しそうに顔が歪む。

（O・L）

㊹　同・独房五十一号室（夜）

　大西、正座して聖書を黙読している。
　豊松は体を固くして石のように座り込んでいる。
　大西、静かに聖書を閉じ、
大西「もう休みましょうか？　少し早いようですが」

　だが豊松は石のように座り込んだままなにもいわない。
　大西が立ち上がり、部屋の隅に積み重ねている、布団や毛布を敷き始め、
　豊松はノロノロ腰を浮かす。

大西「（微笑）いいですよ今夜は。これでなかなか要領が……もともと独房だから、二人じゃ、一寸狭すぎましてね」
豊松「（慌てて）いえ、そんな……私は一人より二人のほうが」
大西「ごく最近までは一人だったんです。ところが、房の中で自殺をした者が、二、三出て来ましてね」

　豊松、息をつめる。

大西「それからは自殺防止で、二人入れるようになったんです」
豊松「そ、それじゃ、ここにおられた方は……？」
大西「先週の金曜日に吊《つ》られました」
豊松「吊られる⁇」
大西「（苦笑）あ、処刑、処刑の意味です。口ぐせになってるもんだから、つい……」

　豊松はドキンとしてなにもいえなくなる。

大西「（布団を敷き終わり）降り出したな……朝から冷えると思っていたが」

豊松は大西の視線を追い、思わず風の唸る窓へ寄って見る。

——暗いその独房の窓の向こうでは粉雪が舞い始めている。

㊺ 土佐の海（夜）

北西の風が強く、海鳴りが轟くのみで一面に暗く、渚《なぎさ》だけが飛沫《しぶき》でほの白い。

㊻ 清水理髪店

房江、客の散髪を終わり顔剃りをしている。

作り付けの長椅子に客はなく、大きな火鉢の横の藁づとに、七月に生まれた直子《なおこ》がちょこんと入れてある。生後半年近くで可愛《かわい》く、健一は傍らで漫画本を開いている。

と、表で自転車を止めた酒井正吉が、

「おう、寒い、寒い！」

と胴震しながら米の袋を持ち飛び込んでくる。

房江「すみませんねぇ、いつもいつも」

酒井、米の袋を手早く奥の居間へ入れ、長椅子へ引き返し、藁づとの直子と向き合い、相好《そうごう》を崩してあやす。

酒井「つい、この間生まれたのに、こんなに可愛く……豊さん、さぞ、会いたいだろうな」

房江「この間、写真を送ったら大喜びでね。それからは、直子のことばかり」

酒井「じゃ、便りはきちんと？」

房江「ええ、一週間に一度はね。それ以上は規則で出せないんだって」

酒井「(頷き) しかし、裁判、バカに長引いているな」

房江「ええ……(と剃刀の手を止め) だけど、なんだかゴタついてた弁護士のことがすっきりしたので、これからはトントン進む筈《はず》だなんてね」

酒井「ほう、それはよかった」

房江「いずれ近いうちにカタがつく。その時には、店は一週間ほど休み、健一と直子を連れて迎えに来い」

酒井「え？　みんなで一緒に東京へ？」

房江「そうなのよ、親子四人で、東京見物して帰るんだって」
酒井「親子四人で東京見物か？　そりゃいいよ、そりゃ、アハハハハ！」

㊼　東京・巣鴨プリズン――主監房五号棟・五十一号

豊松は大西と枕《まくら》を並べて寝ている。

だが眠れなくて反転する。

房の前をコツコツ、ジェラーの靴音がして遠ざかる。

豊松、また反転する。目の上にはまぶしい電灯。

豊松はいきなり布団を引き上げ、頭から被《かぶ》るが、途端に呻《うめ》く。豊松は泣く。こらえ切れなくなって泣き――布団の端を掴んだ手が震えている。

靴音と共にジェラーが来て、コンコンと警棒で金網を叩く。

豊松、ギクッとして布団から顔を出す。

ジェラー「(手真似、布団を引き下ろし顔を出せと命じる)」

㊽ 同・五十一号（朝）

豊松、洗面所で歯を磨いている。
大西は畳に正座し聖書を黙読している。

豊松「（窓の外を見て）ああ……まだ降っている」
大西「（静かに顔を上げ）東京では珍しいですよ。こんなに降るのは」
豊松「……大西さんのお宅は東京ですか」
大西「ええ、世田谷区です……家は空襲ですっかり焼けてしまいましたけど」
豊松「（口をゆすぎながら）東京はひどかったそうですね」
大西「妹一人だけが生き残りましてね……（聖書に眼を落とし、ページを撫で）その妹がこれを送ってくれました」

×　　×

二人、向かい合い朝飯にしている。
プレートの容器にパン、アルミのコップにコーヒー。

大西「昨夜は眠れなかったでしょう」

豊松「あの明るいのがつきっぱなしでしょう。明け方まで全然……」
大西「すぐに馴れますよ」
　二人、食事を続ける。
豊松「あの……大西さんは一体どんな事件で？」
大西「僕は外地です。ボルネオのバリックパパンでしたが……嫌な時代に生まれ、嫌なことをしたものです」

×　　×

大西、正座し聖書を黙読している。

豊松は放心したようにボンヤリ座り込んでいる。

窓の外の雪、まだ続いている。

と、遠くから、かすかに読経《どきょう》の声が聞え始め、それを皮切りに、右からも左からも、向かい側の房からも、読経や聖書を読む声が広がり高まってくる。

豊松、怪訝そうに顔を上げキョロキョロする。

豊松「大西さん……大西さん」

大西「…………（静かに豊松を見る）」

豊松「どうしたんです？　今日は？」
大西「木曜日です」
豊松「木曜日？」
大西「ええ……処刑される者は、木曜日の朝、呼び出され、ブルー地区へ変り、真夜中……金曜日の午前零時に刑が行われるのです」
豊松、全く声もない。
大西は低く声を出し聖書を音読し始める。

㊾ 主監房五号棟の廊下

両側から流れ出ている読経や聖書の声。

㊿ 同・五十一号室

大西、聖書を読み続けている。
豊松は膝《ひざ》を揃えて正座し、眼が硬直したように宙を睨んでいる。

――靴音。

豊松、ギクッとする。

⑥1 主監房五号棟の廊下

コッコツ歩くジェラー二名の靴。

両側からの読経や聖書に、その靴音が反響して続く。

⑥2 同・五十一号室

靴音、次第に近づき大きくなる。

大西、聖書を読み続けている。

豊松は凍りついたような形相《ぎょうそう》でピクッとも動かない。

靴音とジェラーの姿が、房の金網の前を通り過ぎる。

大西、ふッと息を吐き、聖書の音読をやめるが直ぐまた続ける。豊松もほっと大きな息を吐き全身から力が抜ける。

と、同時に、またやって来る新しい靴音。

豊松、また凍りついたような形相になる。

靴音は次第に近づき、大きくなるが、この五十一号の前でとまり、鍵を回す音がして扉が開き、ジェラー二名が顔を出す。

ジェラー「ミスター、大西……」

豊松はガクンと折るように首を垂れてしまう。

大西はさっきから、聖書の音読をもうやめていたが、そっと立ち上がると、豊松の肩に手を置き、
大西「お世話になりました」

だが豊松は伏せたままの顔を上げられない。

大西「一晩だけでしたが、何かの御縁でしょう」

中から出て来る大西を、ジェラー達が迎え、両脇から抱え、ガチャン！と閉まる房の扉の音。

豊松、反射的に思わず立ち上がり金網の前へ進む。

豊松「オ、大西さん……」

だが房を出た大西はもうフロアーを見回し始めている。

⑥③ 主監房・五号棟の廊下

大西、大きな声で叫び始める。

大西「皆さん、お世話になりました……」

「お元気で」「お元気で」「さようなら」「さようなら」

各独房から返って来る声。

向こうでも連れ出された処刑者が同じような挨拶《あいさつ》をしている。

ジェラー、大西を促して歩き出し、大西は透き通ったような声で静かに歌い出す。

神とともにいまして
行く道を守り……

主監房五号棟全体が異様に森閑と静まり返る。

房の金網にすがりつき泣いている豊松。涙が後から後から頬を伝う。大西は遠ざかり——続く処刑者とジェラーも通り過ぎ、大西はすでに見えず、透き通ったようなその歌声のみが次第に遠ざかっていく。

神の御かてもて
力を与えませ
また逢《あ》う日まで
また逢う日まで……

㊹ 土佐の海

黒潮がゆったりうねっている。
十年一日のごとく、無限の時空にも似た鈍い海鳴りで、ただゆったりと
——果てしなく広がっている。

㊺ 清水理髪店の前

直子を背負った房江が、表の道に水を撒《ま》いているのへ、外出先から帰りの薬局の根本が話しかけている。
根本「まだ続いている、裁判が？」

房江「ええ、そうみたいです」
根本「しかし、始まってもう一年以上も……（といって首をひねり）ついこの間も、隣組の世話役の集まりで、豊さんの話が出てね」
房江「皆さんにはいろいろご心配をおかけして、本当に……」
根本「いやいや（と手を振り）わしも世話役の責任があるから気をつけている、新聞とラジオにはね。ところがA級戦犯は新聞に出るし、ラジオのニュースでもいう。しかし、BC級は新聞もラジオも、さっぱりで見当すらつかん」
房江「…………（そっと頷く）」
根本「いったいどうなってるのか、進駐軍のやっていることに、あれこれはいえないし……いずれにしても房江さん、様子が闇雲で、さっぱりなのが一番困るよね」

⑯ 東京・巣鴨プリズン——主監房・第五号棟の廊下

ジェラーがホイッスルを吹き、各自の房からゾロゾロ出て来る死刑囚を、二人ずつ手錠で繋《つな》ぎ始める。

ジェラー「エキササイズ！　エキササイズ！」
　列の中には滝田、最後尾には矢野の姿も見える。
ジェラー「(叫び続ける)　エキササイズ！　エキササイズ！」

×　　×

　独房五十一号の扉の外で豊松がジリジリしている。

　大西の後へ入った西沢卓次《にしざわたくじ》（40）が机に向かい、国際法のページを脇目も振らずノートに抜き書きしている。

豊松「西沢さん、少しは外の風に当たらないと」

西沢「そんな悠長な……翻訳の下手な弁護士なんかにまかせておけますか。再審書は一分でも早く自分で仕上げなきゃ」

　ジェラーが顔を出し、
ジェラー「ニシザワ、ハリアップ！」

　だが西沢は黙って仕事を続ける。

ジェラー「(怒る)　ハリアップ！　ニシザワ！」

　西沢が仕方なく立ち上がりシブシブ出て来ると、ジェラーは豊松の手と西沢の手を手錠で繋ぎ隊列が出来上がる。

ジェラー「レッツ・ゴー！」
死刑囚達、サンダルを引き摺《ず》りぞろぞろ歩き出す。

⑰ プリズン・散歩場

長い塀の手前を、手錠で繋がれた死刑囚達が、二人一組で歩いたり、一緒に佇《たたず》んだり、太陽の陽射しに座り込んだりしている。

豊松と西沢、ブラブラ歩いている。

と、「一、二！　一、二！」の掛け声で、滝田と同房の一人が、サンダルを手に裸足《はだし》で後から追い抜く。

豊松「お、なにしてんだ？」
滝田「（立ち止り）麦踏みだよ」
豊松「？………」
滝田「こうしてると、なんだか故郷へ帰り、手前ぇとこの畑の土を踏んでるような気がするんだよ。一、二！　一、二！（と歩き出す）」
豊松「（見送る）ほう……なるほど、麦踏みか」

「清水さん……」

豊松が振り返ると、彼等の背後を歩いていた、同房者のいない矢野が一人で立っている。

矢野「実は……再審書のことだけどね」

豊松、プイと顔をそむけ、足早に歩き出し、西沢が急に引ッ張られ、危うくツンのめりそうになる。

（O・L）

㊳ 主監房・五号棟・五十一号室

豊松は散歩から帰り、ボール紙の将棋盤に紙の駒を並べ詰将棋だが、なにか気持ちがもう一つ入らない。

西沢は憑《つ》かれたように国際法の書き抜きだ。

ジェラーが来て、

ジェラー「ヘイ、シミズ！（金網の間から紙片を突き出す）」

豊松、立ち上がり受け取ると、その紙片には、

訪問したいがよろしいか
三十二号　矢野正弘

ジェラー「ＯＫ？」
豊松「（紙片を突き返し）ノー！」
ジェラー、肩をすくめ両手を広げて去る。
西沢はチラッと豊松を振り返るが、豊松は座り込み、詰将棋を始め、西沢も翻訳の仕事にかかる。
間――。
靴音がしてさっきのジェラーがまたやって来る。
「ヘイ、シミズ！」
豊松、顔を見ただけで、
豊松「ノーッ！」
ジェラー、金網の向こうでカンカンになり怒鳴り返す。
ジェラー「（英語）俺は郵便屋じゃねえンだぞ。五十一号と三十二号の間を何回往復させりゃ気がすむんだ。これでもう五回目だぞ！」
西沢「（見かねて）清水さん、ジェラーを怒らしちゃ損だよ」

豊松「………」
西沢「あなたの気持ちは分かるが、しかし、逢うだけなら……どうせ言い訳がましい、弁解を聞くだけのことだろうがね」
ジェラー「(二人を見比べ) OK?」
だが豊松は依然として黙り込んでいる。
ジェラー「(その豊松へたたみ込む) ヘイ、ユー、OK?」
豊松「(投げやりに) OK、OK」
ジェラー、やれやれと肩を揺すって去る。
豊松はムッとしたいかつい顔で将棋盤を片付け、机を離れ夜具をたたみ直し始める西沢に、仕方なく手伝い、畳の上のゴミを拾ったりする。
入口へ現われる――ジェラーと矢野。
矢野「入ってもいいかね」
豊松「ああ、どうぞ…… (膝を揃えて座る)」
西沢は机の椅子、便器によりかかって座る。
矢野は入ると、豊松に向かい、どっこいしょと座り、ポケットから紙包みの煙草《タバコ》を取り出してすすめる。

矢野「手ぶらで他人様《ひとさま》を訪問するわけにもいかんのでな……どうぞ、遠慮なく……そちらの方もどうぞ」

豊松、仕方なく一本取り上げ火をつける。

矢野「（自分も一服つけ）散歩の時に、時々話しかけるんだが……いつも時間がなくて、話せないんでね」

豊松「………」

矢野「マッカーサー司令部へ、弁護士を通じ再審書を出しただろうね。再審の結果、絞首刑から終身刑に減刑になった者がすでに何名もいる」

豊松「（思わず切り口上になり）ア、とっくに出してます。私は縛り首になるようなことはしちゃいませんのでね」

矢野「（頭を下げ）……儂《わし》の不注意から、君達を巻添えにして本当にすまないと思っている」

豊松「………（煙草の煙を吐く）」

矢野「儂も再審書を出したよ。しかし、自分の刑を軽くして貰うのではなく、罪は司令官たるこの自分一人にある」

豊松、チラッと顔を上げる。だがまた煙草の煙を吐く。

矢野「他の事件関係者はあまりにも刑が苛酷《かこく》すぎる。『大北山事件』は、司令官一人だけを絞首刑にすべきであるとね」
豊松「………」
矢野「じゃ、長居をしてもなんだから、失礼する。(と立ち上がり) 清水君、儂の房は一人なんだが……年寄りは寂しいもんでね。それに立場も立場だから、誰一人ビジットにも来てくれん。仕方がないから、招かれざる客で押しかけて来たような訳だが……気が向いたら、儂のような所へでも訪ねて来てくれんか……じゃ……」
　矢野が房の外へ出て行き始める。
豊松「あ、閣下……」
　矢野が慌てて振り返る。
豊松「頭の髪が大分のびてますな」
矢野「?(と妙な顔をする)」

㊾ 主監房・五号棟の廊下の片隅

豊松、首に白布を巻き、粗末な椅子に腰かけた矢野の頭の髪を、手際よく鋏で刈っている。

煙草をふかして立番のジェラー。

豊松「今日の巣鴨新聞じゃ、また軍隊が出来るらしいですな」

矢野「ああ、警察予備隊ね……地上軍二十個師団の常備計画らしい」

豊松「閣下もこんな所へ入っていなきゃ、師団長、いや、もっともっと上の、大軍司令官になれたでしょう」

矢野「そうだね……（と考え込む）」

——間——

豊松、馴れた手つきで矢野の頭を刈り続ける。

矢野「清水君……戦犯というのは、ほとんどがＢＣ級で、しかも大部分は下士官兵、将校にしても下級の階級の人達だ」

豊松「馬鹿を見るのは何時《いっ》も下ッ端の者ですよ」

矢野「ただただ命令で動いた末端の者が、死刑だの終身刑だので、灰色の毎日だが、こんな事実を国民は知っているのかね」

豊松「…………（ふっと鋏の手が止まる）」

矢野「新たに警察予備隊に志願する人などは、この事実を知っているんだろうかね。
民主的な軍隊……そんなものは世界のどこにもありゃせんよ」

⑦⓪ 巣鴨プリズン

望楼もその長い塀も雨に煙っている。

⑦① 主監房・五号棟・三十二号室（矢野の房）

窓の外でシトシト続いている雨。
豊松が配給の煙草を持参し、ビジットで、矢野がその煙草を吸いつけている。

豊松「（窓を見上げ）なかなかやみませんね」
矢野「うん……ここからは毎日雲を見るのが楽しみでね」
豊松「雲を？」
矢野「ある時は故里《ふるさと》の山の形に見えたり、ある時は、子供の顔だったり」

豊松「閣下は秋田でしたね」
矢野「（頷き）雪の深い町でね……君は土佐の高知だったね」
豊松「ヨサコイの本場ですよ」
矢野「あ、ヨサコイ、ヨサコイ……（と急に思い出し）久留米の連隊で儂がまだ見習士官の折だが、桜子《さくらこ》という芸者と知り合ってね」
豊松「（ニヤッと笑い）桜子、いい名前ですな」
矢野「（頷き）こっちは若いからカッとなる、向こうも熱くなる。その桜子が土佐の生まれのもんだから、明けても暮れてもヨサコイでね」
豊松「へーえ、じゃ今でもヨサコイを？」
矢野「うーん、憶えているかな？」
と眼を閉じ軽く唄《うた》い出す。
土佐の高知の　はりまや橋で
坊さん　かんざし買うを見た
豊松「違う違う。坊さん、かんざし買うを見たの、見たを下げちゃいかんです。こういうふうにやらんと……」
と胸を張り、

坊さん、
かんざし……
と、ガチャンと扉が開き、背広に略式の袈裟《けさ》をつけた教誨師《きょうかいし》の小宮《こみや》が、
紫色の風呂敷包みを手にして入って来る。
小宮「えらく陽気ですな今日は」
といって、
小宮「折角、にぎやかにしていらっしゃるんだから、今度にしますか」
矢野「いやいや、いいですよ、どうぞ」
小宮「じゃ一寸……矢野さんの戒名が出来ましたのでね」
矢野「それはそれは……」
小宮、風呂敷から位牌《いはい》を取り出して渡す。
矢野、受け取りじっと見入る。
小宮「(豊松へ) 清水さん」
豊松「は?」
小宮「あなたは宗教には関心をお持ちでないようですが、たまには法話の集まりにも
……心の安らぎも多少は違って来ますからね」

豊松「冗談じゃないですよ、心の安らぎなんて。私は吊るといわれても、そう簡単に吊られるわけにはいきませんのでね」

小宮は豊松の見幕に少し呆気にとられ様子を見る。

豊松「(委細構わず) 私の郷里《くに》は土佐だが、郷里には私を頼りに、首を長くしている女房と子供が……いや、子供は一人じゃない、留守の間に生まれ、まだ顔も見てない女の子までおりますんでね」

⑫ 土佐――清水理髪店

店の長椅子の上の藁づとの中で、直子が一人でおしゃぶりをしている。

房江は客の散髪も髭剃りも終わり最後の仕上げだ。

「今日は!」

表の戸が開き妹の敏子が入って来る。

房江「あ、いらっしゃい」

敏子「(封筒をヒラヒラさせ) 表で郵便屋さん……東京からよ」

房江、頷いて、客の仕上げを終わり、

房江「お待遠さまでした」

客、椅子を離れ立ち上がって金を払う。

房江「(受け取り) 有り難うございます……またどうぞ!」

客が出て行くと、

房江「(目を輝かし) お父さんね」

敏子「(首を振り) ううん、違う人……」

房江、妙な顔をして受け取り、封筒の裏を返し、差出人を見ると首を傾《かし》げ、長椅子に腰を下ろし、封を切って読み始め、傍らから敏子が覗き込む。

『拝啓、日一日と暖かさの増す折から、奥様やご家族の皆様には、ご健勝にてお過ごしのことと存じます』

文面を書き綴《つづ》っている小宮の声が続く。

『私は巣鴨拘置所に勤務する小宮と申す教誨師で、ご主人の清水豊松さんとは、親しくお付合いをしている者でございます』

⑦③ 田舎道を走るバス

房江が直子を膝に抱き健一を連れて乗っている。

目の前の宙を睨むように目を据えている房江。

小宮の声が続いている。

『ところが、清水さんとお話しをしていると、いや、これは以前からですが……なにか腑《ふ》に落ちぬ、釈然としないことがあるのです』

⑦④ 土讃線

房江達、バスの終点で国鉄の列車に乗り換えている。

太平洋側から四国山脈を越える、高松行きの列車で、午後の黒潮がうねる須崎辺りを走っている。

相変わらず目の前を睨むようにしている房江。

シーンの頭から続いている小宮の声。

『清水さんに対する裁判の判決……確定した刑についてですが、清水さんは、お宅へはまだなにも知らせてはいらっしゃらないのではなかろうか……そんな気がしてならないのです』

⑺⑸ 土讃線

高知も土佐山田も過ぎ、四国山脈に差し掛かっている。

次第に濃くなる夕闇の中で、いくつかのトンネルを越え、上り勾配に列車が喘いでいる。

健一は高知で買ってやった駅弁にかぶりつき、直子には乳房を含ませながら、房江は——車掌の検札を受けている。

車掌「(切符を確かめ)東京の池袋ですね?」

房江、頷く。

車掌「とすると、高松からの連絡船は明日の明け方で宇野、宇野からは岡山だが……岡山での乗り継ぎは(と小型のダイヤを出して調べ)広島発の昼の十二時二十二分……この列車の東京到着は、翌朝の六時四十分だから、東京へは明後日の朝の六時四十分になります」
房江「明後日の朝の六時四十分？」
車掌「そうです。東京から池袋までは山手線で三十分ほどです」
　頷く房江へ検印した切符を返し、子供連れの様子を見て、
車掌「しかし発駅が土佐久礼《くれ》だから、東京までは車中泊二日……これはちょっと大変ですね」
　といって下手へ切れ――房江は顔を上げ、車窓に迫る暮色の折り重なった山々をじっと見つめる。

㊶ 土讃線（夜）

　四国山脈の分水嶺《ぶんすいれい》の阿波《あわ》池田も過ぎ、漆黒の讃岐《さぬき》平野をヒタ走りに走り続け、乗客の大半はもう眠りこけている。

　健一は座席の隅に縮こまって眠り、直子も房江の膝の上でスヤスヤ寝息を立てている。

　だが、房江は強い目差《まなざ》しで窓の外の闇を見据えたままだ。

小宮の最後の声が心を離れない——それは背筋を冷たい電流のようなものが走る、心のおののきである。

『実は、御主人の清水さんには、誠に申し上げにくいのですが、昨年の十二月に、お気の毒な、これ以上はない、厳しい極刑の判決があり』

房江、思わずピクッと体が痙攣《けいれん》し顔を上げる。

⑰ 東京巣鴨プリズン——主監房・五号棟・五十一号室

豊松、西沢と枕を並べ寝ている。

その豊松がもそもそと起き上がり、時計を確かめる。

西沢「清水さん、いい加減に……それじゃ僕が眠れないですよ」

豊松は黙り込み、溜め息だけでなにもいわない。

西沢「それにお別れは、今朝、房の前でなさったんでしょう」

豊松「(ボソボソ) 顔を見合わせ、一言二言、言葉をかわしただけだし……」

といって立ち上がり、奥の窓へ寄り、窓枠を摑み伸び上がる。

西沢「(思わず舌打ち、半身を起こし) そんなことをしたって、見送りには……せいぜい見えるのは四号棟、先には三号、二号、一号と、でっかい獄舎があって……処刑場の広場や、地獄門は、その先なんですよ」

西沢のいう通り四号棟が視野を遮り先はなにも見えない。

だが豊松は時計を確かめると、居てても立ってもおれず、また鉄格子を握り締め、精一杯に伸び上がる。

⑱ プリズン――北西の処刑場の広場

ブルー地区を出た処刑の隊列が、煌々《こうこう》とした望楼や二重鉄条網からの照明に浮かび上がっている。
先導は第八軍のＭＰ、続いてジェラーと処刑者の矢野、傍らには付き添う教誨師の小宮、さらにジェラーとＭＰ、プリズン幹部の上級将校達。
その十五、六名の隊列が広場を斜めに、一直線に進むが、矢野が突然立ち止まるので、人々も立ち止まり、矢野の様子を見る。矢野は近づいた刑場の門を見上げると、瞳の奥がキラッと光り、
矢野「……これが地獄門か」

だが次の瞬間、ホロ苦い呟きを終わり、矢野はもう歩き出している。そして人々が動き始め、ぽっかり開いた地獄門へ、隊列が吸い込まれるように入って行く。

⑲ 処刑場

敷石の煉瓦《れんが》の通路を黙々と隊列が進み刑場へ入る。

そこは広々とした奈落の底で、建物全体が上層と奈落との二段構造になり、奈落から上層へは三ヶ所に階段がある。

いずれも十三階段である。

十三階段を上がった上層には、天井から太いロープが輪になってぶら下がる処刑台が、左から一、二、三、四、五……五つ並ぶ、慄然《りつぜん》と背筋が凍るような巨大な処刑場である。

先頭のMPが中央の十三階段の前で立ちどまる。

矢野「ほう、（と広い刑場を見回し）一度に五人まで処刑出来るのだな」

矢野の目がキラッと光る。さっき地獄門を見た時のホロ苦さではない。

それは——普段の孤独な老人ではなく、百万の軍勢を叱咤《しった》する、かつての陸軍中将の威厳に似たものが感じられる。

小宮が思わず直立不動になり、

小宮「閣下……なにか言い残されるお言葉でもありましたら」

矢野、一、二度頷き、

矢野「ではお願いを……（と背筋を伸ばし、不動の姿勢をとり）連合国総司令官ダグラス・マッカーサー元帥、並びにアメリカ合衆国大統領、トルーマン閣下に……元、日本帝国陸軍中将、矢野正弘が申し上げる」

小宮が小型のノートを取り出し筆記し始める。

矢野、それほど強い語調ではない。だがその一語一語には侵しがたい威厳がある。

矢野「ハーグ陸戦条約の陸戦法規、並びに空戦法規案に依れば、無防備都市、集落、住宅、建物は、いかなる手段をもっても攻撃、または砲撃は禁止されておる。従って軍事基地、軍事施設でもない、日本の主要都市の住宅を目標に、焼夷弾に依る絨毯爆撃で焼き尽くし……戦火に巻き込んではならぬ、一般庶民を約百万人殺戮《さつりく》し、数千万に及ぶ罹災《りさい》者を出した、アメリカ空軍の日本の都市爆撃は、あまりにも明らかな戦争犯罪の恐れあり……爆撃命令の立案者、並びに作戦実施の空軍司令官を直ちに軍事法廷に招致し、その詳細を裁くべきである」

MPやジェラー達に日本語は分からない。だが上官の命令、布告にでも接するように佇立《ちょりつ》し、一語一語に粛然としている。

矢野「極東裁判の目的が、将来の戦争防止なら、勝者が敗者のみを裁くのではなく、勝者にも裁かれるべき罪がある筈である」

粛然と静まり返っている刑場の中で、

矢野「次に自分の関係した大北山事件について述べる」

と一息入れ、

矢野「この事件は司令官たる自分のあやふやな命令が原因で、責任者は自分一人であり、もし他に責任者があるとすれば、現地での指揮官、終戦当日に現地部隊で自決した日高大尉のみであり、他の関係者に対する罪科は、形式的、かつ一方的であり、あまりにも苛酷過ぎる。大北山事件は自分の絞首刑執行により終結するのだから、他の関係者は無罪に……いや、もし、手続上それが困難なら、最低限でも罪一等を減じ、死刑の者は有期、有期刑の者は、即無罪とすべきである……小宮さん！（と小宮へ）以上です……宜《よろ》しく！」

いい終わると矢野は自ら歩き出し、十三階段を上がり始める。

MP、ジェラーが弾《はじ》かれたように動きだし、死を確認する医務官や死体処理の者は奈落の底、処刑担当の者は素早く上層へ上がり、処刑の手筈を整える。

矢野、用意の中央の処刑台に立つと、ジェラーが黒い布袋を頭からかぶせ、一人が太いロープの輪を手にして……その時、

矢野「小宮さん……」
小宮が慌てて顔を黒い布で覆われた矢野に近付く。
矢野「さっきの大北山の件は書類にし、間違いなくアメリカの大統領と、連合国の司令官にお願いします」
小宮「閣下、そ、それは間違いなく！」
矢野が一、二度頷き、手を振り、小宮が傍らを離れると、待ち構えていたジェラーが手にしたロープの輪を矢野の首に嵌める。息の詰まる沈黙、指揮官が時計を見て時間を確認し、手を上げ振りおろし、ジェラーが処刑台のレバーを引き、ガチャン!!　迫撃砲を撃つような音で踏み板が外れ、首にロープを巻かれた矢野が——奈落の底へ一直線に消えていく。

⑧⑩ 宇高（宇野高松間）連絡船

ハッとした房江が反射的に三等船室で顔を上げる。

疲れ果ててついうとうと眠っていたのだ。

高松港を出て宇野に向かう連絡船の長い汽笛の音。

房江、なんだかじっとしておれず、健一と並びスヤスヤ寝ている直子を抱き上げ背負い始める。

×　　×

――朝焼けの瀬戸内海を行く連絡船の遠景、汽笛の音。

⑧① 東京・山手線の池袋駅（東口）

車中で二泊の房江が、直子を背負い、健一の手を引き、改札を通り、建物から朝陽の中へ出てくる。

体は芯《しん》から疲れ果てている。だが思い詰め気を張りつめているせいか疲れは感じない。

建物を一歩出ると、片側がバラック、片側は地上に茣蓙《ござ》を敷き品物を並べるヤミ市で、朝から人々が行き交い、様々な店に集まっている。

その喧騒と人いきれに房江は呼吸が詰まる。

右や左をキョロキョロ珍しげに見る健一の手を引き、房江がヤミ市を通り抜ける。だが——途端に立ち止まる。

ヤミ市を一歩出ると、荒涼とした一面の焼け野原である。

房江、思わず息を吐くが、改めて思い直し、直子を揺すり上げ健一の手を引き、広漠とした焼け野原の東京の町を、プリズンを目指し——歩き出す。

そのテーマ音楽に微《かす》かな読経の音韻が混じり始める。

㊷

巣鴨プリズン・主監房五号棟

五十一号から低い読経の声が廊下へ流れている。

⑧③ 同・五十一号室

豊松、ボール紙の位牌を壁に立て念仏を唱えている。
再審書を英語に直す西沢がイライラしている。

西沢「人がいいのにも程があるよ」
豊松「？（読経を止《や》め西沢を見る）」
西沢「矢野中将のアヤフヤな命令がもとなのに、その人の後生《ごしよう》を弔うなんて」
豊松「しかし、世の中、そう理屈通りにいかんことも……」
と西沢に背を向け、豊松はまたブツブツ念仏を唱え出す。
途端に、
「ヘイ、シミズ！」
入口の扉の向こうへジェラーが来る。
ジェラー「ユー、メンカイ、ハバ、ハバ！」
豊松「え？　メ、面会!?」
西沢が慌てて英語でジェラーに訊《き》く。

西沢「ジェラー！　ミスター清水の面会人は、どこの誰なんだ？」
ジェラー「ワイフ、シミズ、ワイフ」
西沢「清水さん！　面会人は奥さん、あなたの奥さんですよ」
豊松「(吃驚仰天、絶句する)えッ？　房江、房江が⁉」

㊹ 同・グリーン地区・面会室

本館の二階でかなり広い。

中央の金網が室内を二つに区切り、囚人側には発送前の競馬のゲートのようなしきりがあり、左右の囚人や、面会人は見えず、目の前の金網を隔てた椅子に座る人と背後の壁しか見えない。面会人も金網を通し相対する囚人だけで、左右の囚人は見えず、案外一対一の顔合わせ、話し合いの場でもある。

豊松、しきりの中で激しく苛々《いらいら》している。驚愕、期待、興奮がごっちゃになり、今にも感情が爆発しそうだ。

突然、その視線がギクッと動く。

豊松の視野に、直子を抱いた房江、その着物の袖《そで》を摑んだ健一の姿が入り込む。豊松、スクッと思わず反射的に立ち上がる。房江が近付き抱いている直子を金網の前へ差し出す。

豊松、直子を見る。房江を見る。また直子を見る。食い入るように見て全身が硬直する。初めて見る直子に体が震え始める。豊松、ワナワナ震えが大きくなり、今にもぶッ倒れそうだ。

豊松「ウ、ウ、ウ、ウ……（呻く）」

呻きが泣き声になる。豊松、泣く、嗚咽《おえつ》する。泣き声がさらに高くなる。房江も歯を食いしばり、涙が後から後から頬を伝っている。豊松、堪《たま》らなくなり号泣し始める。

背後をやって来たジェラーが肩先を警棒で軽く叩く。大きな声を出すな、他の者の邪魔になる。

だが豊松の泣き声は収まらない。ジェラーがもう一度……豊松はその直前に、やっとシャクリ上げを押さえ、椅子に腰を下ろし、泣き声をなんとか我慢し始める。

房江も差し出している直子を手元へ寄せて抱きしめ、椅子に腰かけるが、依然として歯を食いしばり涙が止まらない。
ジェラーが夫婦の様子を見て豊松の背後を去る。
豊松、涙を拭い、ボソボソ切り出す。
豊松「汽車、二日がかりだし、混んでて大変だったろう」
房江「…………（何もいわない）」
豊松「けど、吃驚したよ、出し抜けに来るなんて……」
だが、房江はそれにも答えず、豊松を直視し、
房江「あんた、どうして本当のことを」
豊松、ギクッとする。
房江「教誨師の小宮さんから手紙を貰うまで、私は何も知らなかったのよ」
豊松「（吃驚し）キョウ、教誨師の小宮さんが⁇」
房江「どうして私に……どうして知らせてくれなかったのよ」
豊松「…………（首を垂れてしまう）」
房江「（溜まっている涙が頰へ溢《あふ》れ）私が心配すると思ったの？」
豊松、首を垂れたまま動かない。
房江「私が……心配してはいけないの……ね、私があんたのことを」

と思わず夢中で片手を金網にかけゆさぶる。

豊松「(首を垂れたまま)……房江、俺はな、死刑になるようなことは」

房江「分かっているわよ、あんたがそんな馬鹿なことをするなんて……」

豊松「裁判が間違ってるんだよ。だから、再審……そのやり直しの手続きを」

房江「………??」

豊松「(そっと顔を上げ)それがな、都合のいいことに、事件の関係者で、一番責任の重い矢野さんという人が、再審で助かろうとせず、自分一人の罪だといって、代表でつい昨日、死んでくれたんだよ」

房江は半信半疑で豊松を見つめている。

豊松「(少し気を取り戻し)それに、俺の部屋に一緒にいる、西沢さんという人は、英語が達者でな。今、アメリカ大統領宛《あて》に嘆願書を書いているが、それが終わると、俺のも書いてやると約束してくれているんだ」

房江「直接、アメリカの大統領に?」

豊松「(頷き)なんちゅうたってアメリカは民主主義の国だからな。それに百とか百五十……いや、二百人以上の人の署名のある、助命の嘆願書がくっつけば、鬼に金棒なんだがな」

房江「二百人以上の署名がある助命の嘆願書？」

豊松「ああ、だけど、これは……（難しいと手を振り）知り合いの連中がやってるが、署名が集まらん。親兄弟や身内、親戚、友達連中をかき集めても、三、四十から六、七十……だといって道端で人に声をかけたり、頼む訳にもいかん。BC級の戦犯なんて、世間の人は知らんし、知ってる人は逆に毛嫌いし、爪弾《つまはじ》きする……いや、そんなものはなくてもな、房江」

と少し勢いづき、いくらか普段の調子の豊松になり、

豊松「いずれは再審、やり直しの裁判でケリがつく。もし、再審が長引くようなら、大統領への直訴状が再審を早めてくれる。いずれにしても時間の問題で、お前が心配するようなことはなにも……もともと俺は、縛り首になるようなことはしてないいんだからな」

房江は依然として半信半疑だが、こうして元気に喋《しゃべ》り捲《まく》る豊松を見ていると――なんだか少しはほッとしてくる。

豊松、房江に寄り添い少し爪先立ちで顔を出している健一へ、

豊松「おう、健坊！　お父さん、もうじき帰るからな。お母ちゃんのいうことをようきいて、直子の守りもするんだぞ！」

健一がこっくり頷くと、豊松の視線は房江の両腕の中の直子にいく。房江が改めて直子を少し差し出すようにする。

豊松、直子を見る。しげしげと見る。目をしばたき細める。

そのあまりにもの可愛さに、例えようもない、強烈な嬉《うれ》しさと悲しさが全身に込み上げてくる。

豊松、溜め息、また大きな溜め息をつく。そして金網越しの妻と子供二人を目の前にし、ふッと顔を上げ、普段には全く見せたことのない、哀切なしみじみとした述懐でいう。

豊松「帰りたいなァ……みんなと一緒に、土佐へ」

㊺ 土佐の海

黒潮が微かな底鳴りを轟かせうねっている。

果てしなく、どこまでも、どこまでも、ただ広がっている。

㊻ 東京――巣鴨プリズン・主監房五号棟（夏）

カーッとした陽射しにみんみん蟬が鳴き、並んでいる独房のところどころの窓に、小さな笹《ささ》の葉が見える。

㊼ 同・五十一号室

窓枠の鉄棒に吊した笹竹に紙切れの短冊がくっつけてある。

〝七夕様、早く帰して下さい〟 清水豊松

金釘流《かなくぎ》で書いた豊松の数多い短冊は、内容が全部同じで、七夕に念じる早く帰してほしいの一念のみである。

西沢のは、

〝この世の中にこんなつまらぬ七夕祭り〟

〝七夕や吾子《あこ》も見るらん今日の空〟

などで一句一句が違い、西沢は机で次の句に首をひねっている。豊松は畳に腹這いで、一字一字書いていたが、終わって立ち上がり笹竹に吊す。

その短冊も前と全く同じで、

〝七夕様、早く帰して下さい〟

清水豊松

⑧⑧ 土佐の山また山――尾野谷（秋）

四方が切り立つ全山紅葉の山々で、スリ鉢の底のような谷底にわだかまる集落の屋根が見える。

×　×

谷底にある一軒の農家（房江の生家）。

家の前で房江の母が直子を抱き、鄙びた子守歌を歌っている。

健一は房江の兄の長男と竹トンボ作りに忙しい。

×　×

集落の一軒から房江と敏子が出て来る。

房江は釈然とせぬ苛立ちの表情で、つい、ムキ出しのままの豊松助命嘆願の『署名簿』を、改めて風呂敷に包み直し始める。

敏子「(プリプリし)よくもあれだけ嫌みもあるものだわ」

房江、『署名簿』を包み直すと、なにもいわず歩き出し、敏子が続く。

敏子「名前さえ書いてくれりゃ、なにいわれたっていいけど、結局は署名しない。なにが主屋筋の親戚よ」

次の目当ての一軒の前まで来たが、二人とも中に入れず躊《ため》らう。だが房江が意を決し、先になり入って行く。

×　×

猫の額のような段々畑の棚田。

稲刈りの中年の農夫が、房江と敏子に拝み倒されたのか、気乗りのしない署名を、ノロノロしていたが——やっと終わる。

房江「(二度も三度も深々と頭を下げ)有り難うございます」

と署名簿と細身の万年筆を受け取り、敏子は米搗《こめつ》きバッタのように頭を下げる。だが農夫は二人に一瞥もせず、手荒く稲刈りを始める。

房江と敏子が慌てて様子を見ると、不本意な署名への腹立たしさか、農夫は鬱憤《うつぷん》を露《あらわ》にし、まるで厄病神でも追い払う剣幕である。

× ×

房江と敏子、段々畑が下方へ広がる眺望の畔へ腰をおろし、一休みだが

——二人とも気落ちし気分がひどく重い。

敏子「(苛々)姉さん……嘆願書は駄目、無理よ」

房江は答えず群落で咲く可憐《かれん》な畔の野菊へ目を向けている。

敏子「せっかくお店を三日も休んだのよ」

房江「…………」

敏子「お兄さんとこの三ッ峰と、この尾野谷で、最低でも六、七十は固い筈だったのに、それが両方で三十そこそこ……これじゃ署名を二百以上なんて、絶対に不可能、出来っこないわよ」

房江、ホッと溜め息をついて、

房江「でもね、私に出来るのはこれだけだし……まァ、せっかくここまで来たんだから、権祖父《ごんじい》のところへ」

房江が腰を浮かすので、敏子も渋々立ち上がり、やや胸突き八丁の一本道を山裾《やますそ》へ歩きだす。

目指す山懐の一軒家のバックは燃えるような紅葉。右を見ても、左を見

ても、土佐の山奥は――黄金色の稲穂に周辺の紅葉が映える、極彩色の錦秋の秋である。

㉙ 東京・巣鴨プリズン――主監房五号棟・五十一号室（冬）

風が唸り窓の外では粉雪が斜めに舞い散っている。
豊松が椅子に腰を下ろした西沢の前に直立し、不動の姿勢で、なにか凛《りん》烈《れつ》としたものが寒気の中に張り詰めている。

西沢「(机の上の英文の書類を見て）いいですか、あなたと私は事件が違うから、内容も違います」
豊松「はい」
西沢「しかし、書き出しは、去年に僕が総司令部と、アメリカの大統領に、直接送ったものと同じですからね」
豊松「はい！」
西沢、その嘆願書の一語一語を英語で読み、それを日本語に翻訳し、直立不動の豊松が一語一語を復唱する。

西沢「トルーマン大統領閣下……私、清水豊松は」
豊松「トルーマン大統領閣下……私、清水豊松は」
西沢「貴下の正義と公正の念に、限りない敬意を表するものであり」
豊松「貴下の、正義……セ、正義と公正に、敬意を表するものであり」
西沢「その貴下の良識に対し、私は自己の行為に無罪を確信し」
豊松「その貴下の良識に対し、私は自己の行為に無罪を確信し」

⑨⓪ 土佐の海

真冬の黒潮が轟々と荒れている。
——天に怒るのか、地に腹立つのか、逆立つ白い牙《きば》を一面に剥《む》いている。

⑨① 清水理髪店の前

表のガラス戸が閉まり、カーテンが引かれ、粉雪混じりの風に、〃臨時休業〃の紙札が舞っている。

自転車でやって来た鼻歌の酒井が、

酒井「（張紙を見て）なんだ、休みか」

辺りを見回す目が薬局から出てくる根本を捉える。

酒井「おう、根本さん！　最近は房江さん、ヤケに休みが多いね」

根本「ああ、忙しいんだよ、嘆願書の署名集めが。（と近付いて来て）今日は健坊を大橋《おおはし》さんとこへ預け、朝早かったから、渕上《ふちがみ》から、大沢《おおさわ》辺りまで足をのばすんじゃない」

酒井「え？　渕上はいいが、大沢は大変、雪だよ。雪……」

根本「しかし、町中や周辺はもう回りつくしたからね」

酒井「うーん（と溜め息をつき）でもさァ、目当ての二百なんてのはとてもとても。俺も心当たりに声をかけたがラチがあかん」

根本「いや、それがな正ちゃん、少しずつだよ……少しずつだが、二百に近づいてきたんだよ」

酒井「え？」

根本「房江さん、意外に芯が強いんだよね。町中の家へ軒並み押しかけ、断わっても断わっても顔を出す。みんな根負けだよ」

酒井「根負け?」
根本「ああ、もともと豊さんも房江さんも土地の人間じゃない。だからみんな冷たいよ。でも、あんなにしつこく粘られちゃ、誰もがネをあげる。房江さん……目当ての二百に近づいたし、今日は次の公休日が待てなかったんじゃない」

㉜ 山峡の村――大沢

刈り取られた稲田、細い道、点在する農家、ところどころに広がる雑木林、それらが深くはないが白い雪に覆われている。

時折、地吹雪が走る道を、房江がねんねこで直子を背負い、助命嘆願書の風呂敷包みを持ち歩いていたが――手にしたメモと表札を確かめ、一軒の農家へ入って行く。

(百九十九……これで百九十九人だわ)

×　　×

その農家。

囲炉裏《いろり》の傍らで、白髪の老翁《ろうおう》が金釘流で一字一字書いていた助命嘆願の署名を終える。
老婆がそれを手にしてやって来るので、ねんねこのまま上がり框《がまち》に腰掛けていた房江が立ち上がり受け取る。
房江「(嘆願書の署名簿を見て押し頂き) 有り難うございました。本当にどうも……(深々と二度も三度も頭を下げ) ところで……神西《じんざい》さんのお宅は、坂の上にある、大きな門の見える家でしょうか」
老婆「(怪訝げに) 神西さんのお屋敷にも?」
房江「ええ、町の郵便局長さんに、口利きしてもらっておりますので」
老婆「ああ、それなら…… (と頷き) うちを出て、坂を上がったとこや。坂がきついから気をつけてな」

× ×

房江、勾配の坂を上がって行く。雪でゴム長が滑り、向かい風もきつい。だが、歯を食いしばり、一歩一歩上がって行く。

(今度で二百、二百人目や!)

心の中で房江は必死に叫んでいる。

(父ちゃん、助かる……これで助かる!)

神西家の門の前。
当主の子息らしい復員者ふうの青年が迎えている。
青年「あんたらに見くびられるほど、神西家は甘くないよ」
房江、なにか全身から血が引くような思いだ。
青年「ウチでは、他人の証文に請け判などはせぬのがしきたりでな」
房江「(慌てて) あの、お願いは、証文とか、請け判でなく」
青年「(遮る) 助命の嘆願書は証文、それに署名は請け判と同じ……誰の口添えかは知らんが、身のほど知らずにもホドがある！」
野良犬でも追い払うように言い捨て、青年は門の中へ入り、手荒くくぐり戸の音を立てて閉める。

× ×

風と粉雪の村の道を房江が歩いている。

署名の断わりには馴れている。ひどい言葉や仕打ちも経験済みだ。だが現実にはその都度、心から血が噴くような思いがする。

房江、一息入れ、思い直し、メモを見て、一軒の農家、神西家とはおよその対照的な貧農の家へ入って行く。

×　×

侘しく貧しいその農家。
土間の隅で主婦が黙々と木槌《きづち》で藁をトントン打ち続け、房江は直子を背負ったまま、土間で棒立ちになってしまっている。

当主「戦犯？　戦犯ってなんなんだ」

知人を介し依頼していたのだが、五十過ぎの当主は、囲炉裏端でドブロクに酔い潰れてしまっている。
一間きりの部屋の正面には、粗末な仏壇に軍服姿の凜々《りり》しい青年の写真。
戦死者らしい。野良仕事の出来ぬ雪の日、つい、手酌のドブロクを重ねるが、飲めば飲むほど亡き息子への思いが強まり、呂律《ろれつ》の縺《もつ》れに涙が混じるダミ声だ。

当主「うちの息子はな、北支から、南方の戦線へと六年間、国家のために働き戦死した、名誉の戦死だよ。それに比べりゃ、戦犯なんて国賊、恥さらし……そんなやつらを助けるなんてふざけるな！」

房江「…………」

当主「日本人なら潔く腹切って死ね、それができなきゃ、一日も早く、縛り首になって死ね！　俺んとこの息子はな、（泣く）たった一人の跡取り息子はな（泣く）」

少し微笑《ほほえ》んでいる仏壇の中の凛々しい青年の写真。

×　　×

房江、いかつい顔付きで鬱々と村の道を歩いている。背負っている直子を揺すり上げ、なんだか足取りが重い。と、前方からやってくる村人（中年の主婦）。房江、ハッと気付いて我に返り、メモを見て主婦に問い掛ける。主婦、答える。房江がさらに訊き、主婦が手をあげ里山の雑木林を背にした農家を指差す。房江、主婦に礼をいい、その農家へ向かい出す。

×　　×

里山を背にした中農の農家。

納屋で仕事の三十年配の嫁と、囲炉裏端で繕《つくろ》いものをしていた六十近い姑《しゅうとめ》が、来訪の房江に戸惑い当惑している。

姑「ああ、聞いとる、聞いとる。大里の酒井さんに頼まれ、二、三日のうちに清水さんが見えるてな。書類に名前書くのやろ」
房江「はい、そうです」
姑「それがな、朝がたの天気の様子に、この按配《あんばい》なら熊に出くわすかも知れねぇって、俊夫《としお》は鉄砲持って、山サ出かけてしまったんだよ」
房江「鉄砲を持って山へ?」
嫁が姑と困惑気味の顔を見合わす。
嫁「上がって貰い、囲炉裏で待って貰うのもええが、ウチの人の戻りが遅いと……(房江へ)帰りは七曲がりを下がり、汐見岬越え……途中で日でも暮れたら難儀なことに」
房江「ええ、ですから私も、もうそろそろ村を……」
嫁「(ちょっと考え)いずれ、ウチの人、肥料や農機具のことで、町の農協サ行くこともある。その時に清水さんとこへ寄ることにでも……」
房江「(強く頷き)ぜひ、なんとか!」
姑「(恐縮)今日はわざわざ折角来て貰おたのに」
房江「いえいえ。では、町へお出掛けの節は、ぜひ折田《おりた》さんに寄っていただくようにお願いします。では……」

×　×

七曲がりの坂道――曲がりの二つ目。

房江、直子を背負い帰りを急いでいる。

片側は森林、反対側は谷で樹林の間から川の流れが見える。

（今日で二百……二百は間違いないと思っていたのに……）

×　×

七曲がりの坂道――曲がりの五つ目。

ここの湾曲が一番強く坂道も急峻である。

直子を背負った房江が現れ湾曲部を曲がり始める。

途端にダァーンと銃声が轟く。

房江、驚いて立ちどまりキョロキョロ見回す。

森林の谷間や峰に谺《こだま》する、切れ切れの微かな声。

「サン、パツ、ヤノーーシミズサン、デ、ネェーカーー！」

辺りを見回す房江が真上を見ると、森林の稜線の立ち木の間に人の姿が現れ、足早に樹林を縫い、見る見る降りてくる。

「折田だーア、折田の俊夫だーーッ!!」

鉄砲を背にした俊夫は、無精髭だが闊達《かったつ》な青年で、樹林の間を縫い、山を駆け降り——道へ飛び出すと、激しく喘ぎながら、白い歯を見せ房江の前に立つ。

俊夫「やっぱり清水さんだね?」

房江「そうです」

俊夫「上から見てると、曲がりのハナへ子供を背負った女の人だ。なんとなしに、酒井から聞いている清水さんのような気もするし、だとすると、俊とは留守で行き違い……慌てて声を掛けても届くかどうか、だから、思い切って鉄砲を……すみません」

といって手を突き出す。

房江が妙な顔をする。

俊夫「立ったままでも字は書けるよ」

房江、ハッと気付き無我夢中で風呂敷包みを開き、嘆願書と細身の万年筆を出して渡す。なんだか胸がドキドキしてくる。

俊夫「(署名の欄を開き)ほう……ずいぶん並んでいるが、俺は何番目だ」

房江「二百!　(カーッと胸が熱くなり思わず叫ぶ)二百人です!!」

俊夫「ほう、二百？　……それは区切りがいいなあ」
俊夫は鉄砲を肩にし、立ったままで一字一字署名を始める。
その俊夫を見つめる房江、なんだか胸がジーンととめどもなく熱くなり、
目尻に涙が滲んでくる。

⑨③　汐見岬

房江、直子を背負い嘆願書の風呂敷を持ち、七曲がりを越え帰ってくる。

すでに日暮れに近いが、風は収まらず朝方よりも強い。

足から体へ伝わる地響き、全身を圧倒する波濤の音。

房江――思わず立ち止まる。

海は広い。逆立つ白い波頭が際限もなく広がる。天に怒るのか、地に腹立つのか、日没前の一瞬の夕映えに、吠《ほ》え立て沸き立つ一面の冬の海。

房江、風に逆らい思わず一歩前に出る。

房江「父ちゃんは帰ってくる！」

轟々と咆哮《ほうこう》する波濤の轟きへさらにいう。

房江「きっと……きっと生きて帰ってくる！」

⑭　東京——巣鴨プリズン・主監房五号棟の廊下

世話係の戦犯Aが、手押し車に図書を乗せて歩いている。

戦犯Ａ「図書の貸出希望者はありませんか。貸出の希望者は……」

房の中から、受刑者が声をかけてくる。

「何か新しい本が入りましたか？」

戦犯Ａ「前とあんまり変らんですね」

⑮　主監房五号棟・五十一号室

豊松がビジットの滝田と捩《ねじ》り鉢巻きで将棋をさしている。

廊下を手押し車を押して通る世話係Ａ。

「図書の貸出希望者はありませんか、貸出希望者は」

滝田「おーい、落語か浪花節《なにわぶし》はねぇか」

戦犯A「……宗教と人生、霊魂不滅論、私の人生観、釈迦《しやか》とキリスト、（行き過ぎる）」

滝田「なにいってんだ。近頃じゃ木曜日だってお経を読む者は……王手！」

豊松「のんびりしてきたな、巣鴨も（合駒を打つ）」

滝田「伏見《ふしみ》の後の矢野さんが最後で……あれ以後は誰もないいんだろう」

豊松「（頷く）そうだよ」

滝田「矢野さんは五月だったたから、かれこれ、七、八ヶ月か……王手！」

豊松「そうだよな、もうボツボツ一年近くだよな……（合駒を打つ）」

滝田「なんだ、金があるのか……しょうがねぇな」

豊松「まだやる気か」

滝田、駒を投げ出し畳へ大の字に寝っ転がってしまう。

豊松「どうだ、今度は角落ちでもんでやろうか」

滝田「なに！」

と起き上がりかけるが、やめて、

滝田「ところで、豊さん……かみさんが面会にくるんだって」

豊松「ああ、来週の二十四、五日だ」

滝田「しかし、四国の果てから子供を二人連れて来るのは大変だな」
豊松「いや、子供は一人だ。上の男のほうは家内の妹が面倒見てくれる」
滝田「妹さん？」
豊松「ああ、戦争中から朝倉の工場だったんだが……最近は班長とかになり、寮の部屋も大きく余裕が」

といいかけた時、フロアーから、西沢がひどく興奮した顔付きで、ジェラーに伴われ帰って来て入る。

「ちょっと、ニュース、ニュース、大ニュースですよ！」

妙な顔をする二人に、向かい合うのももどかしく、

西沢「前にフィリッピンで死刑になった、本間《ほんま》中将がアメリカで生きているという噂があったでしょう」

二人、それぞれに頷く。

西沢「ところが、日本にもそれがあるんですよ、日本にも」
豊松「え？（と滝田と顔を見合わせ）西沢さん！　誰からそんな話を!?」

と二人が膝を乗り出す。

西沢「僕と同じ事件で無罪になった男が、面会に来てくれましてね。そいつの話じゃ、

吉田《よしだ》に逢ったというんですよ」
豊松「吉田?」
西沢「十九号にいたでしょう、去年の一月に処刑になった」
豊松「ああ、あの吉田さんに⁇」
西沢「ええ、発電所の工事現場……北海道の釧路《くしろ》の山奥でね」
豊松と滝田は「ほう」と口の中で唸り、顔を見合わせ、首をひねり、三人は思い思いに考え込む。
西沢「ひどく気になるので、帰りに巣鴨委員会に寄り、様子を聞いてみたんですよ。すると死刑を執行された者には、いろいろと妙な噂のある者が多いのも事実である。だけど真相はよく分からない」
豊松と滝田、じっと黙り込んでいる。
西沢「ただ、去年の五月以来、死刑囚への処刑がピタッと止まっている」
豊松と滝田、頷く。全くその通りなのだ。
西沢「これについては委員会としてもある程度の予測が……いや、あくまでもこれは予測の範囲だから、そのつもりで聞いて欲しいとね」
二人、固唾を飲んで西沢を見ている。

西沢「現在は連合国相手に締結する講和条約の下準備が内々に進んでいるらしいが、いずれ、その講和条約が成立すれば、極東裁判所は機能を停止、巣鴨プリズンも懲罰任務から解放され、受刑者も戦犯でなくなり全員が釈放される」

二人、息を殺したまま大きく頷く。

西沢「その時のバランスですよ（と苦笑）。有期刑、無期の者、死刑囚、それらの比率ね。もし解放者の中に、死刑囚の数が極端に少ないと、極刑の行き過ぎ、過剰刑罰を示すことにもなる。だから当分処刑者は動かさず暫《しばら》くは様子を見る」

二人、黙り込んだまままそれぞれに頷くが、豊松が、

豊松「じゃ、西沢さん、再審や助命嘆願書の扱いは？」

西沢「それらはますます必要とし、奨励されますよ。一審で終わらず、再審で罪一等を減じたり、助命嘆願書の採択などは、極東裁判の公正と良識を外部に示す、最も顕著なものですからね」

豊松、ほッとして一、二度頷く。

西沢「つまり……平たくいえばこういうことですよ」

と少しザックバランな口調になり、

西沢「戦争を起こしたA級戦犯は別として、我々BC級などは、個人個人の誰に罪が

あるわけでもない……要は大きな戦争が残した、どうしょうもない後始末なんだから、極東裁判や巣鴨プリズンが機能を停止する時期を待ち、拘束している全員を釈放する……それ以外に戦犯問題の解決などはないということですよ」

滝田がしきりに頷き、豊松も大きく頷く。

豊松「そうだよな、そう、そう……うム！」

⑯ 土佐——清水理髪店の表

カーテンが引かれ、ガラス戸に張り紙がしてある。

二十三日より

四日間休業します

⑰ 東京——巣鴨プリズン・グリーン地区本館の面会室

豊松とねんねこで直子を背負った房江が、椅子に腰を下ろし、向かい合っている。

二人を隔てる金網の前には房江の持って来た助命の嘆願書。そのページ一枚一枚を、房江がめくって豊松に見せる。

豊松は顔がくしゃくしゃで涙ぐんでいる。あふれ出す涙を拭い、一字一字の氏名を追い、二百十二の署名を読み終わり、房江が嘆願書を閉じる。

その清水豊松の助命嘆願書の表紙。

豊松、歯を食いしばり顔を覆ったまま房江に頭を下げ、

豊松「房江、これには……さぞ、さぞ、苦労を……」

房江「そうでもないわよ。私一人じゃ回りきれないから、隣組の根本さんや、郵便局の局長さんも動いてくれたし、それに大里の酒井さんの力が、大きくて助かったわ」

豊松「(そうじゃないと首を振り) みんながな、再審書や大統領の直訴状にこれを付けたがる。だけど署名が誰も集まらん……戦犯なんてのは、戦争に荷担し、残虐行為をした恥さらしだと、世間の人は冷たく爪弾きするだけだからな」

房江「そういえば私も一度だけ泣いたわ」

豊松「泣いた?」

房江「二百人目の折田俊夫さんの時だわ。鉄砲ドン! と撃って、山から降りて来て

サインしてくれた時、なんだか嬉しくて涙が出てきたわ。そして汐見岬まで帰ると……海が大時化《おおしけ》で轟々と鳴っていたわ」

豊松は張り裂けるような懐旧の念に胸が疼《うず》き顔が歪む。

房江「海は天に向かい腹を立てているのか、それとも足許の大地に怒っているのか、凄《すご》かったわ。なにかにひどく腹を立て……あなたを助ける、きっと助けるというように吠え立てていたわ」

豊松「(思わず呻く) 汐見岬……」

房江「(一、二度頷き、手にした嘆願書を) これは事務の人でなしに、後で教誨師の小宮さんに、直接渡しておくわ」

豊松「ああ頼む。すべての条件がよくなり、もう確実に助かる見通しもついている。その上にこれ……二百人以上も署名のある、助命嘆願書が再審書にくっつけば、鬼に金棒だよ」

房江、嘆願書を手提げ袋に入れると、一枚のパンフレットを取り出し広げる。理髪台のカタログだ。

豊松「(思わず好奇の目が輝く) ほう、新型だな?」

房江「新しい店が一軒出来るらしくて。別に張り合うつもりはないけど、うちも入れ替えなくちゃ、古臭くなって……これ、どう思う？」
豊松「うーん、いいなあ。で、なんぼだ？」
房江「四千七百円」
豊松「ヒエーーッ!!」
房江「あなたは浦島太郎よ。世の中どんどん変わり、凄いインフレなんだから。帰ってきたら大変、新しい髪形覚えるのにも一苦労よ」
豊松「馬鹿云《い》え、一年や二年、鋏や剃刀を持たなくたって」
房江「じゃあんた、リーゼント・スタイルって知ってる？」
豊松「（詰まる）なに、リリリ、レント……」
二人、話が弾んでひどく楽しいが、房江が商売の話は切り上げ、ねんねこの紐《ひも》を解き、背負っている直子を下ろし、抱いて椅子に座り豊松に見せる。
豊松「おう！　直子、直チャン!!」
豊松は心臓が爆発するような嬉しさだ。
直子、前の時より少し大きくなっている。
豊松、直子が可愛くて可愛くて堪らない。

豊松、ちょっとおどけてみせる。だが直子は笑わない。

豊松、さらにおどける。しつこいほど盛んにおどける。それでも直子は笑わない。

背後へ来たジェラーがもうよせと警棒で軽く肩を叩くが、ヒョイと覗き込んだ途端に直子があまりにも可愛いので、自分でおどけて見せる。だが直子は笑わない。

肥《ふと》っちょで鬼瓦《おにがわら》のようなジェラー、ますますおどける。

すると直子が急に笑い始める。ジェラーは調子に乗りますますおどける。

声を上げてケタケタ笑う直子。

房江も豊松もその様子に思わず声を上げ笑い出す。

ジェラーは相好を崩して歓声を上げ、尚《なお》もおどけ、豊松、房江、ジェラーが、あどけない直子を中心に——心の底から明るく声を上げて笑い合う。

⑱ 土佐の海（春）

岬の樹林で朝日に匂《にお》うように桜の花が咲いている。
海はベタ凪《な》ぎで一面の鏡のように、どこまでも、どこまでも広くて明るい、穏やかな春の朝である。

⑨⑨ 東京――巣鴨プリズン・主監房五号棟・五十一号室

豊松と西沢、パンとコーヒーの朝飯にしている。

豊松「（窓を見上げ）春だな……矢野さんは雲を見るのが楽しみだといってたが、俺は空の色で、冬か春か夏かが分かる」
西沢「しかし、今年はなんとか、娑婆《しゃば》で桜が拝みたいですなァ」
豊松「いや、それは無理、土佐じゃ桜がうーんと早いんでね」
西沢「土佐の高知か……」

二人、アルミの食器を廊下に出し煙草に火をつける。

豊松「釈放になったらぜひ遊びに、タダで頭を刈りますから」
西沢「ハハハハハ、山陰のほうへいらっしゃったら、倉吉《くらよし》へ寄って下さい。東洋一の湯量の三朝《みささ》温泉があるし、真白い米の飯を腹が裂けるほど喰わせますから」

豊松「遠慮なく押しかけますよ、女房子供を引き連れて」
西沢「どうぞどうぞ（と立ち上がる）」
豊松「もう仕事ですか」
西沢「ええ、（机に向かい英語の辞書を開く）」
豊松「精が出るなァ……今日は何日です」
西沢「三月の二十八日……おっと木曜日だな」
豊松「（煙草の煙を吐き）巣鴨にも、お経の声なし、木曜日か……」

と軽く目を閉じ歌い出す。

土佐はよい国　南を受けて
薩摩《さつま》おろしが……

靴音がしてジェラーが二人来る。

豊松「散歩にしちゃ早いな」

入口の扉が開き、

ジェラー「シミズ、チェンジブロック！」
豊松「？（咄嗟《とっさ》の英語で、意味が分からない）」
ジェラー「（繰返す）チェンジブロック！」

西沢が慌てて机を離れ、豊松の手を握る。

西沢「おめでとう！　チェンジブロック、房を変るんですよ、雑居房行だ！　減刑、減刑！」

豊松「(思わずジェラーへ) ジェラーさん、ホ、本当に、減刑に?」

西沢「(英語で) 彼は無期になったのか?、もっと軽い有期刑か?」

ジェラー「(答えず豊松に) ヘイ！　シミズ、ハリアップ！」

西沢が独房の金網の窓へ寄り大声でフロアーへ叫ぶ。

西沢「オーイ、清水さんが減刑になったぞ！」

⑽ 主監房・五号棟のフロアー

豊松が五十一号を出てジェラーが扉を閉める。

西沢「(中から金網に顔をくっつけ) さようなら！」

豊松「(ペコンと頭を下げ) 長い間、本当にいろいろお世話になりました」

西沢「じゃ、清水さん、お元気で！」

豊松「西沢さんもお元気で！」

豊松は改めてフロアー全体を見回し声を張り上げる。

豊松「皆さん！　お世話になりました！　お先に雑居房で待ってまァーす!!」

各独房から「おめでとう！」「元気でな！」「俺が行くまで待ってろよ！」などの声がハネ返ってくる。

豊松、ジェラーに促され歩き出す。

右からも左からも「おめでとう！」の声。

豊松、嬉しさで顔をクシャクシャにし、

豊松「やァ、お先に！　お先に!!」

と手を振りながら歩いて行く。

⑩① 同・プリズン——グリーン地区本館・所長室

所長、副官、通訳の前に、豊松が不動の姿勢をとっている。

所長が命令書を手に豊松へ告げている。

所長「(英語) 横浜軍事法廷の判決、及びマッカーサー元帥の認定により、第八軍憲兵隊司令官アーノルド・W・ヘンダーソン大佐と、巣鴨拘置所長である自分、ダニエル・C・ワイズ大佐に……定められた刑の執行が命令された」

豊松、英語だから分からない。だが本能的にひどく不吉なものを感じ、全身がピクッと硬直してしまう。

通訳が英語の命令書を日本語に翻訳し始める。

通訳「横浜軍事法廷の判決と、マッカーサー元帥の認定により、第八軍憲兵隊司令官アーノルド・W・ヘンダーソン大佐と、巣鴨拘置所長ダニエル・C・ワイズ大佐に対し、定められた刑の執行が命令された……そこでその意味と内容を本人に伝達する。明三月二十九日、午前零時、当巣鴨拘置所に於て、絞首刑を執行する」

豊松、顔から血の気が引き真っ青になり、思わずヨロヨロ倒れかかるのを、両側からジェラーが支える。

⑩② 同・プリズン・ブルー地区・独房

豊松、ボンヤリ椅子に腰をおろしている。

その豊松に椅子を並べ教誨師の小宮が付添っている。

小宮「まだ、十二時間ありますからね」
豊松「…………」
小宮「肉親の方々に手紙でも書かれたらどうでしょう」
豊松「…………」
小宮「家族の方が東京なら、電報で知らせ、明日の朝来て頂くことも出来るでしょうが、土佐の高知じゃ、それも出来ませんからね」
豊松「…………」
小宮「遺体は軍の規則で遺族には引き渡さないそうです。その上に埋葬場所も知らせないから、頭の髪の毛か、爪でも切り、家族の方々に送るようになさったらどうでしょう」
豊松「…………」
小宮「(豊松の様子を見て) 清水さん、一人でゆっくり時間を過したほうがいいですか。それとも私が一緒にいたほうが」
豊松「…………」
小宮「清水さん、あなたのお気持ちは私にはとてもよく……最近は処刑が遠のいていたので……不意打ち、なにか騙《だま》し討ちのようで、腹に据えかねていらっしゃるのではないでしょうか」
豊松「………」
小宮「でも清水さん……いや、あなた方のお立場としては、無理もないが、最近は遠い先の話の講和条約などに、すべて関連させ、希望的な観測が多くなり過ぎていたのではないでしょうか……だけど処刑がなくなったわけではない。また、その決定には、選別の基準や、一定の法令があるとも思えないし……再審の採択や、助命の嘆願書にも、裁量の基準が曖昧《あいまい》であり、すべてについて予測などはつかない、全く不条理なものなのです」
豊松「………」
小宮「そういう点では、どんなに心の準備をしていても、また心の準備などはなかったとしても、処刑命令の通達……それは誰にしたって、ある日、突然なのかも知れませんね」
豊松「………」
小宮「（様子を見て）それじゃ清水さん、私は事務所へ……（優しく）仏間で晩餐《ばんさん》会をやりましょうね、夕方の五時過ぎに迎えに来ますから」
小宮、出て行く。

豊松――化石したように全く動かない。

⑩③A 土佐――清水理髪店のある町の通り

夕方近くになり風が少し出ている。

散髪を済ませた客が一人出て来て、立て掛けている自転車で帰って行く。

ガラス越しの店の中では、次の客を理髪台に迎え、手早く刈布をかけ、明るい顔付きでなにか話しかけながら、仕事にかかる房江の姿。

⑩③B 東京――巣鴨プリズンの望楼

赤い夕日の残照に、カービン銃を構えた警備兵が黒いシルエットで浮かび上がっている。

⑩④ 同・グリーン地区――本館の仏間

仏壇にゆらゆら蠟燭《ろうそく》の火がゆらめいている。

線香を手にした小宮に、豊松が並んで立っている。

小宮「自分であげたほうがいいんですがね」

しかし、豊松はただ黙って立っている。

小宮「じゃ、私が代わりに……これは亡くなられたあなたのお父さん、これはお母さん……これは清水さん、あなたのために」

小宮、線香を三本上げて合掌する。

終わると小宮は豊松をテーブルに促し、仏前に供えてあったブドウ酒とビスケットをテーブルの上に置く。

小宮「ブドウ酒ですが、酒と名のつくものはここ以外では呑《の》めませんのでね」

と豊松の前の小さなコップにブドウ酒を注《つ》いでやる。

だが豊松は虚脱したように動かない。

小宮「さ、清水さん……」

豊松「…………」

小宮が豊松の手にコップを握らせると、豊松はまるで意志のない人間のように、のろのろ口へ運び、長い時間をかけ、ゆっくりと飲み終わり、またのろのろコップを差し出す。

小宮「もう、一杯？」
豊松「（頷く）」
小宮「（注いでやる）」
豊松「（今度はグッと飲む）」

と、豊松、急に深い溜め息が出る。
小宮、ビスケットをすすめ自分も喰う。

小宮「少し気分が落ち着いてきたようですね」
豊松「ああ……も、もう一杯」
小宮「そんなに飲んで大丈夫ですか」
豊松「（込みあげて来る涙とともに）たかがブドウ酒の二杯や三杯で」
小宮「（時計を見る）まだまだ時間もあるし、いいでしょう」

と注いでやる。

豊松「（ユックリ飲み干し）つまらん一生だったなァ……アッという間に三十四年が過ぎちゃって……（鼻をすすり上げる）」
小宮「そこですよ、清水さん、五十年生きても、百年生きても、死ぬ間際には、誰だって自分の一生なんてアッという間だったと思いますよ」
豊松「…………」
小宮「とにかく、来世を信じるより他にはないんですね」
豊松、ボリボリ、ビスケットを喰う。
小宮「(優しく)清水さん、もしあなたは来世で生まれ代わるとすると、なになりたいですか」
豊松「そりゃ、あんた……金持ちですよ」
小宮「金持ち?」
豊松「(ポツリ、ポツリ)とにかく貧乏だったからなァ……小学校を出るなり、床屋の丁稚《でっち》小僧だ……旦那には怒鳴られる、兄弟子にはノロマとかブキッチョだとかでこづき回される……やっと免状が取れても店なんて持てやせん」
小宮「…………」
豊松「そのうちに高知の散髪屋で働いている、かみさんと知り合い……あッという間に子供が出来ちまい、二人とも店をオン出され、故郷へも帰れず、流れ流れたドン詰まりの南の果てで(と涙に声がつまり)、お互いの持ち金はたき、なんとか店を開き、食うものもロクに食わず、爪の先に火をともすように働き続け、店の格好も付き、子供も大きくなり」
小宮「…………」
豊松「さて、これからだという時に、赤紙でしょう……（泣く）全くついていませんよ。せめて生まれ代われるのなら、百万長者の一人息子にでも……（コップを突き出し）もう一杯！」

⑩⑤ 土佐――清水理髪店

少し風のある夕闇の海鳴りの中で、店の表に軽トラックが停り、運転手と助手が新品の理髪台を運び込んでいる。

中でワクワクしながら様子を見守っている――直子を抱いた房江と健一。

房江「ア、そこ……そのへん……傷つけないでね」

運転手と助手、慎重に設置を終わり、もう一台を運ぶために表へ出て行く。

健一「ウワーイ！」

と新しい理髪台へ飛び上りお尻でクッションを揺さぶる。

房江「健一！……」

表から薬局の根本が入ってくる。

根本「ほう、ピカピカだ、凄いなァ……」

房江「(ニコニコ) お陰様でやっと……」

根本「実はな房江さん、(とちょっといい澱《よど》み) バス発着所の近くの散髪屋の件だけどな。こんな狭い地区に二軒は多いと、人を入れ、思いとどまらせる交渉をしてみたが、話がすっかりコジレてしまってね」

房江「(殆《ほとん》ど気にしない) いえ、それはもう……」

「ヨイショッ」「ヨイショッ」と、運転手達が運び込む、もう一台の理髪台。

房江「こうして理髪台も入れたし、そのうちにはお父ちゃんも帰って来る。新しい店なんかには……このへんがいいわ、ここ、ここね！」

⑯ 東京——巣鴨プリズン・ブルー地区・独房 (夜)

豊松、机に両肘《ひじ》をつき顔を覆ってしまっている。

だが歯を喰いしばって体を起こし、鉛筆を取り上げる。

一字一字、折れ釘のような字を便箋《びんせん》に書き出すが、鉛筆を投げ出し、また顔を覆う……だが鳴咽に耐え、また鉛筆を取り上げる。

豊松「房江、健一、直子、さようなら……お父さんは、もう二時間ほどで死んで行きます。お前達とは別れ、遠い遠いところへ行ってしまいます……」

⑩⑦ 同プリズン——西北の処刑場の広場

ブルー地区を出て来た処刑の隊列が、望楼や二重鉄条網からの照明に浮かび上がっている。

先導は第八軍のMP、続いて豊松、手錠の上に革バンドをはめられ、ジエラーと教誨師の小宮に付き添われ、処刑執行の隊列が、だだッ広い広場を斜め一直線に刑場に向かっている。

鉛筆を舐《な》め、また舐め、涙で書き綴った、豊松の遺書が、シーンの頭からシドロモドロに続いている。


豊松「もう一度会いたい……もう一度みんなと一緒に暮したい……許してもらえるの

なら、手が一本、足が一本もげても、お前達と一緒に暮したい……でも、もうそれは出来ません……せめて、せめて生まれ代わることが出来るのなら……」

処刑の隊列が吸い込まれるように地獄門へ入って行く。

⑩⑧ 処刑場

敷石の煉瓦の通路を黙々と隊列が進み刑場へ入る。

そこは広々とした奈落の底、上段へは三ヶ所に十三階段があり、天井から太いロープが輪になりぶら下がった処刑台が五つ並ぶ、背筋が凍るような巨大な処刑場である。

MPの先導で豊松は中央の十三階段を一歩、一歩、上がり、処刑台に立つと、顔に黒い布をかぶせられ、ジェラーが太いロープの輪を持って近付く。

十三階段を上がる前から続いている豊松のN。

豊松「せめて、せめて生まれ代わることが出来るのなら……いえ、お父さんは生まれ代わっても、もう人間にはなりたくありません。人間なんて厭《いや》だ、こんなひどい目にあわされる人間なんて……牛か馬のほうがいい……いや、牛や馬なら、また人間にひどい目にあわされる……いっそのこと、ダ、誰も知らない、深い、深い、海の底の貝？　そうだ、貝がいい！」

ガチャン!!

言葉が終わるのと同時に床が落ちて開き、首にロープを巻かれた豊松が――暗い床下へ落下して行く。

⑲ 土佐――清水理髪店（朝）

房江、掃除を終わりせっせと剃刀を研いでいる。

直子は少し大きくなり、もう藁づとは無理なので、小さい靴を履かせてやり、長椅子伝いにヨチヨチ歩いている。

と、表から飛び込んで来る健一。

健一「お母ちゃん、十円！」

房江「なに買うの？」

健一「アッと……お父ちゃん帰るまではいけなかったんだな」

と元気よく飛び出して行く。

房江「(微笑で見送り) 海のほうへ一人で行っちゃ駄目よ！」

表から客が入って来る。

房江「いらっしゃい！」

剃刀を布で拭い、手早く用意をし、理髪台に座る客へ、

房江「暖かくなりましたね (仕事にかかる)」

客「そりゃそうと、バスの発着所の近くに散髪屋が出来るそうだね」

房江「ええ」

客「なァに、豊さんさえ戻って来たら、一軒や二軒、新しいのが出来たって……あんたももう一寸の辛抱だよ」

房江「ええ」

張りのある声で答えせっせと仕事を続ける。

と、豊松の低い遺書の声がダブり始める。

豊松「深い海の底の貝だったら、戦争もない……兵隊に取られることもない」

⑩ 土佐の海（汐見岬）

蒼黒い黒潮のうねりが果てしなく広がっている。

湾曲した渚の波打ち際を、歓声を上げ走る健一他の子供達。

――続いている豊松の遺書の声が、子供達へ、海へ、空一杯にまで、エコーを引き広がって行く。

その広漠とした波の重なり、風と海鳴りの底力、水平線の空と雲は、なにか天地悠遠とでもしか他にいいようがない。

豊松「深い海の底なら……戦争もない……兵隊もない……房江や健一、直子のことを心配することもない。どうしても生まれ代わらなければいけないのなら……私は貝になりたい……」

その土佐の海へ――すべてのキャストと、オールスタッフのタイトルが巻き上がって終わる。


（F・O）

（終わり）

〈解説〉
語り継ぐべき歴史的テーマ

保阪正康

『私は貝になりたい』がテレビ放映されたのは、昭和三十三（一九五八）年十月三十一日である。東京放送系テレビで放映されたというから、私が住んでいた北海道の札幌では北海道放送（ＨＢＣ）だったのだろう。

このテレビドラマを私がよく覚えているのは、テレビを買ってまもないころだったからである。当時、テレビを持っていた家はそれほど多いわけではなかったが、この年の夏であったか、我が家も購入し、そして家族でテレビを見て談をはずませた記憶が残っている。この『私は貝になりたい』というドラマについて、まずフランキー堺の演技が白黒テレビの画面にマッチして何かしら暗くてゆううつな番組だったという記憶が私にはある。それなのになぜ覚えているかというと、このテレビ番組を見ながら母親が泣いていたことを記憶しているからだ。そして母親は、「こういう人が本当にいるのだろうね。かわいそうに」という意味のことをしきりにつぶやいたのである。

当時、私は高校を卒業して浪人生であった。私の在籍していた高校も一応は進学校であったから、受験勉強に明け暮れている者が多かった。学校に来ても徹夜つづきだと蒼白《そうはく》な表情で、授業を受ける者がいた。そういう仲間とは、私は一線を引いていて、こんな高校生活が早く終わればいいと願って、やっとそのような生活から解放された時代だった。私は将来文筆家を志していて、自分でシナリオを書いたり小説を書く真似事《まねごと》をしていたのである。高校時代には指定された映画を見る以外は禁止されていたが、浪人生活では二本で四十円という映画を見るか、気の向くままに小説を読むかといった日常をつづけていたものだ。

映画には人一倍強い関心をもっていたはずなのに、なぜ『私は貝になりたい』のテレビドラマそのものより、母親が涙を流していたことのほうを覚えていたのだろう。そのことを私なりに説明したいのだが、当時映画館で味わうドラマを見ての感情の起伏は家庭にはもちこまないとの諒解《りょうかい》があったように思う。テレビは家族で見るのであり、そこでは深刻なテーマやストーリーを電気をつけたままの部屋で見るという習慣は、日本にはまだできていなかったように思うのだ。その意味ではテレビは映画とは異なった映像メディアと受け止められていたというべきであろう。

だから私が、家庭の中で母親がテレビを見て泣くというのはなにか異様な雰囲気だったと記憶していることになる。涙を流したり深刻に考えこむのは、映画館の暗闇の中に限ってのことであり、そのような感情の起伏を見せてはならないとの諒解が、たぶんこのようなシリアスなテレビドラマによって少しずつ崩れていったといえるのだろう。

テレビの草創期のこのテレビドラマは、家庭の中にあの太平洋戦争の、あまりにも大きなテーマをストレートにもちこんできたという意味で、そして清水豊松という、日本社会のあまりにも平凡な庶民を通して、戦争の本質を問うたという意味で、単なるテレビドラマの枠を超えて当時の社会世相にも強烈な衝撃を与えたとの感もある。

昭和三十三年は、昭和の年表を見てもわかるとおり、実にさまざまな事件が起こっている。戦争が終わって十三年が経《た》っており、表面的には戦争の傷跡は消えているかに見えた。つまりそれぞれの都市の風景はしだいに戦争から立ち直っていく構図を示していた。私自身の記憶にふれるなら、札幌市の高校を三月に卒業した折りに、東京にある国立大学を受験するために上京した。中学生のときに親戚《しんせき》の家を訪ねて上京したことがあり、その後は高校生のときに修学旅行で上京したのだが、私にとって三度目の東京に降りたったときの風景はよく覚えている。上野駅から池袋駅に出て西武線に乗り、その沿線の駅に二週間ほど滞在した。

この期間に私は受験を終えたあと、東京という街を見て回った。池袋駅や新宿駅の南口などは雨が降ると泥だらけになり、改札口をでると泥の上に板がのせてあり、その上を恐る恐る歩いたものだった。こうした風景は、東京はとても近代都市とはいえない状態をあらわしていたが、戦争の傷はそれでも見えなかった。

しかし、池袋駅にしても新宿駅にしても、白衣の元兵士が傷病の姿で座り、その前に箱を置き、戦争で受けた傷に見合うだけの募金を求める風景が日常的にあった。国電のなかではどこか南方帰りだという元兵士が募金箱をもって歩いてもいた。私はそういう風景のなかで、十八歳の少年として、何かゴッタ煮のようなこの都市のなかで、戦争の傷は社会の底辺に着実に沈んでいるとの思いをもった。奇妙な表現を用いるなら、この戦後の風景の中に身を置く私の世代は、何かこの決算のような役割を担わされるのだろうと漠然と予感した。

私はこの国立大学の受験に失敗し、そして前述のように札幌で浪人生活をすることになった。いささか照れる思いを押さえながら記述するが、私は『シナリオ』という月刊誌を毎号読み、暇さえあれば映画を見て、そして北大生たちでつくっているシナリオ研究会に顔をだし、そこで北大生数人とともに、シナリオや脚本の書き方を学んでいたのである。私は、高校時代からこのような方向へ進むと考えていたために、シナリオの書き方については私なりに理解する技法があった。このころのシナリオライターは、八住利雄、小国英雄、菊島隆三、橋本忍、さらには野田高悟、依田義賢、水木洋子といった人たちの名がよく知られていた。私はこういう人たちのシナリオにふれながら、一編の脚本からつくりあげられる映像の世界に驚きをもっていた。

私にとってシナリオとはなにかを生み出す呪文《じゅもん》のように思えたのである。『私は貝になりたい』の脚本もそのころに目にふれた記憶があり、私は脚本に刻まれている一行一行が絵になっていくことに別の不思議さを味わっていたし、その絵が人びとをして感動させるということに私なりの羨望《せんぼう》があった。今にして思えば、私自身はこのテレビドラマの本質をまだ理解することはできなかったのだ。ただ漠然と、戦争は人間によって起こされ、それがこうした平凡な庶民を兵士に仕立てあげていき、あげくのはてに責任のみが押しつけられるのだとの思いは持った。加えてこのころにベストセラーになっていた今井清一、遠山茂樹、藤原彰の『昭和史』（岩波新書）にふれて、そのような理解ができていったのである。

そう思えば、我が家で見たときは暗くてゆううつなドラマだったのだが、潜在心理の底にはこのドラマの訴えが沈澱《ちんでん》していたといいうるのかもしれない。

「昭和三十三年」という時代を確かめるために、この年の年表（講談社版『昭和』）

を見ていくと次のような項目が並ぶ。

「英ロイド船級協会が発表、日本は世界一の造船国」（一月）、「海上自衛隊艦隊一九年ぶりに真珠湾入港」（一月）、「小学校で号令復活『回れ右』『右へならえ』」（二月）、「『国民車構想』に基づき富士重工スバル360発表」（三月）、「テレビ、三種の神器に昇格。受信契約者数一〇〇万突破」（五月）、「羽田空港、日本に戻る。米国一三年ぶり返還」（六月）、「『団地族』流行語に」（七月）、「文部省、日教組の反対無視、道徳教育指導者講習会開く」（九月）、「警察官の権限拡大ねらう警職法改正案国会に」（九月）、「岸信介首相、米NBCで『憲法九条廃止を』と」（十月）、「特急こだま発車、東京・大阪間六時間五〇分に」（十一月）、「『私は貝になりたい』放映、悲劇の戦犯に共感の涙」（十一月）、「皇太子妃に正田美智子さん決定、平民から初めて皇室に」（十一月）

こうした項目はむろん主だったところになるのだが、年表のなかには『私は貝になりたい』も入っているのだから、このテレビドラマは社会現象だったことが改めて理解できる。実際にこうした社会現象や事件を並べていくと、このテレビドラマはそのような社会的位置づけを行わなければならないほどの重みをもっていたことがわかってくる。

そして「昭和三十三年」の年表を通じていえることは、次の四点ではないか。

(1)　岸信介首相（東京裁判のA級戦犯容疑人）がきわめて復古的な政策を進めようとしていた。

(2)　その一方で政策上では戦争の処理が着実に進んでいて、政治的にはしだいに日本が新しい時代に入っていることがわかる。

(3)　急激に技術開発が進み、情報空間や距離感覚が目に見えて縮まっている。

(4)　皇室のなかに一般国民が入り、「民主主義下の天皇制」という枠組みへの移行が始まっている。

この四点のなかにひそんでいるのは、旧体制（いわば戦争政策を進めた大日本帝国という政治体制）と新体制（戦後の民主主義体制）の交差しているときという時代背景であった。戦争は表面からは消えていったが、しかしその傷跡は社会の中にまだ数多く沈澱していたのは、その交差のときでもあったからだ。そしてその表面上では旧体制への回帰を目論《もくろ》む勢力も垣間《かいま》見《み》えていた。

こうした背景のもとで、このテレビドラマが果たした役割は何だったのだろうか。今改めて考えてみる必要がある。

ちょうどこの前年に、東京裁判でA級戦犯とされて禁固刑を受けたり有期刑を受けた者でも、すべて巣鴨プリズンから釈放されている。刑に服しているA級戦犯たちの監督は、講和条約発効後は日本政府に委《ゆだ》ねられていた。しかし実際には日本側はそれほど熱心にこの管理を行わなかった。A級戦犯のなかには、昼は自由に外出したり、仕事をしたりしながら夜だけこの巣鴨プリズンに帰ってくる人物もいた。やはりこの巣鴨プリズンにはBC級の戦犯で刑を受けた者も服役していたが、なかには昼は社会で実業を興して、夜はこのプリズンをまるでホテルのように利用している者もいたほどだ。

このような形骸《けいがい》化と相俟《あいま》って、連合国側もこうした状態では有期刑でも実際には意味がないと当初こそ抗議したが、しかし釈放か否かの判断は最終的には日本政府に一任されていた。結局は全員が釈放されていくのである。

ありていにいえば、太平洋戦争に伴う「戦犯（戦争犯罪人）」は日本には存在しない状態になった。このことはあの戦争の責任を論じるにあたって、きわめて曖昧《あいまい》な空気が社会に生まれていたことを意味する。それに前述の岸信介首相のように政治家として復権し、戦前の治安維持法まがいの警職法の改正を国会に上程する時代でもあった。むろん国民の反対の声も大きく、これは民主主義体制を破壊する弾圧立法ではないかとの論も起こった。このような社会状況に橋本忍氏らのような脚本家には、強い危機感があったのではなかろうか。

一庶民が日々の平和をとり戻した生活のなかで、突然戦犯として逮捕される。これはBC級裁判のことだろうが、このテレビドラマはそのようなことにあまりくわしい説明はせずに、戦犯裁判という枠組みで元兵士がアメリカ軍のパイロットを〝処刑〟する役割を命じられ、日本軍の組織の論理（「上官の命令には叛《そむ》けない」、あるいは「上官の命令は天皇の命令である」）に基づいてその刑の執行を行ったという事実を示す。しかしこの兵士は、実際にはそのパイロットを刺殺することはできなかったとの事実が語られる。このような事実を踏まえたうえで、この兵士が絞首刑になるプロセスをドラマとしてつくりあげた。戦争の本質や日本軍の組織原理、さらには兵士たちに課せられているこの国のタテマエがひとつひとつのエピソードを積み重ねることで浮かびあがってくる。今、このドラマの脚本にふれることにより、そのことが痛いほどわかるのである。

絞首刑の判決を受け、そして処刑される前に、主人公の清水豊松は、遺書を書く。その遺書がこのドラマの中心的なテーマであり、そして日本軍に身を置いた兵士たちの正直な感想であった。この脚本にある次の台詞《せりふ》――。

「せめて生まれかわることが出来るのなら……いいえ、お父さんは生まれかわっても、もう人間になんかなりたくありません。人間なんて厭《いや》だ。牛か馬のほうがいい。……いや牛や馬ならまた人間にひどい目にあわされる。どうしても生まれかわらなければならないのなら……いっそ深い海の底の貝にでも……、そうだ、貝がいい。貝だったら深い海の底の岩にへばりついているから何の心配もありません。兵隊にとられることもない。戦争もない」

こうして豊松は絞首刑の台に登っていく。テレビドラマではこの役はフランキー堺が演じたのだが、今、ビデオで見ても彼の演技から一庶民がなぜこんな目にあわなければならないのかという理不尽さが感じられる。非礼な言い方になるかもしれないが、決して美男子というわけでもなく、淡々と演じたその演技のなかに庶民の味わわされたあの時代の不条理があったようにも思われるのだ。

改めて豊松のこの無念さを検証してみると、死に臨んでの台詞にこもっているのは、庶民の戦争指導者への怒りがいかに激しいかということだ。この台詞は、戦争に駆りだされてあちこちの戦場で逝った兵士たちの心情を代弁しているように私には思える。私自身、これまでの三十年余、あの戦争は何だったのか、あの戦争に従軍した兵士たちは何を考えていたのか、という問いをもって元兵士たちに話を聞いてきた。そこで理解したのは、兵士たちの心底にあるのは、戦場でいかに絶望感に打ちひしがれた日々を送ったかということであった。ある兵士は、私に、「人間がもっとも怖いのはアメリカ軍との戦闘の日々ではなく、すべての者に見はなされての絶望を自覚したときだ。そのときに人間は生きる目標を見失う。実際に私はなんにんもの兵士が手榴弾《しゅりゅうだん》をかかえて自決していったのを見てきた」と語り、絶望というのが、いかに心理的に追いつめられた状態かをくり返した。私はそのことを充分納得できたのである。

この豊松の遺書の内容は、その絶望が戦争の日々のあとにも起こったことを、実は教えていた。

それゆえに『私は貝になりたい』そのもののテーマは、前述の年表を見てもわかるとおり旧体制に回帰させようとする戦犯容疑人だった首相への怒りを含んでいたと考えていたように、私には思えるのであった。私の母は涙を流して、「こういう人が本当にいるのだろうね」と感想を洩《も》らしたが、「こういう人」を何人も改めてつくるような政策をこの首相は進めようとしていたことを、庶民の側は見抜いていたのではなかったろうか。

私はこのテレビドラマは、あの時代だからこそ、そしてあの時代のあの世相の下でこそ、もっとも有効性をもっていたように思う。

それだけに今日、改めて映画でこの『私は貝になりたい』が製作されたと聞き、五十年のときを経てどのように豊松の心理が描かれるのだろうか、時代の変化のなかでテーマはどう扱われるのだろうかとの興味をもった。そして昭和三十三年とはまったく状況が異なる今、真に人びとの心を打つだろうかとの思いをもった。二〇〇八年夏、私はこの試写を見たときに、若い俳優陣や若い監督たちがこのドラマの軸を、ひとつには夫婦の姿として描き、もう一方で、「組織の理不尽な命令に従えない者はその罰を受けるのは当然か」というテーマで、戦争を見つめていくことにそれなりに得心がいった。この映画とて戦争での理不尽さや不条理を主張しているのは当然だが、やはり今風に、家族という単位の「夫」、あるいは「父親」という姿に照準をあてる意味がよくわかり、私は安堵感を覚えた。

戦争を考える視点をより日常の中にしぼりこんでいるのは、相応の意味があった。視点をもうひとつ変えて考えたいのだが、この裁判はBC級戦犯裁判と思われる。しかしこのドラマではその辺りはあえて深く描写していない。それは法廷のもつ意味を丁寧にえがいていったなら、現実にこういう清水豊松のような兵士がいたか否かが論じられ、テーマの本質とは異なった方向に進んでいくことを恐れたからであろう。私は、豊松はBC級裁判でアメリカ軍の横浜法廷で裁かれたのだと思う。この点で、初めから巣鴨プリズンに収容されているようにえがくのは、このドラマのテーマをより深く考えさせることを意図しているからとも思った。

ＢＣ級戦犯裁判は、アメリカを中心とする連合国の七カ国で裁かれた。アメリカ、イギリス、オーストラリア、オランダ、フランス、フィリピン、それに中国となるが、資料によれば法廷の総件数は二二四四件であった。具体的に紹介するとアメリカは四五六件、中国六〇五件、オランダ四四八件、イギリス三三〇件、オーストラリア二九四件、フィリピン七二件、フランス三九件だったという。

法廷はこれら七カ国の管理のもとで、シンガポール、マニラ、ラバウル、グアム、サイゴン、北京、上海、香港などその数は五十カ所に及んだ。このなかにアメリカ軍が行ったＢＣ級戦犯裁判として横浜が含まれることになる。ちなみにアメリカ軍によるＢＣ級戦犯裁判は、日本人一四四六人（ほかに朝鮮人三人、台湾人四人がいた）を対象に行われ、死刑一四三人、無期一六二人、有期八七一人、無罪一八八人、その他八九人となっている。ここで推測を交えて、清水豊松はこの一四三人の一人というふうに考えると、その置かれた状況は理解できるということになろう。

ＢＣ級戦犯裁判は、主に戦時国際法違反、あるいは戦闘員が捕虜や非戦闘員に対して行った殺人、暴行、虐殺などを裁いた裁判である。もっとも有名なのは昭和二十年十月のマニラの軍事法廷で第十四方面軍の最高司令官だった山下奉文が、日本軍のアメリカ軍捕虜などに対しての残虐行為とマニラ市民への残虐行為の責任者としての罪で裁かれ絞首刑になった裁判であった。

全体にといっていいが、BC級戦犯裁判は犯人の特定も不明確だっただけでなく、上官が命令したことを認めないで部下に責任を押しつけ、そのために絞首刑になった元兵士がいたし、裁く側も裁かれる側にも不透明なところがあった。このためにBC級戦犯裁判は復讐《ふくしゆう》裁判といわれるケースも少なからず存在した。この復讐裁判に応じて、日本軍のなかからも密告があたりまえのように行われ、要領の悪い者、正直な者が不利益をこうむるという例も少なくなかった。

BC級戦犯裁判の日本側の実相をえがいた作品に作家岩川隆の『神を信ぜず――BC級戦犯の墓碑銘』のあとがきには、「A級戦犯裁判の内容にくらべるとBC級裁判はあからさまな報復裁判が多く、無実でありながら絞首刑や有期刑を宣告された人たちが多い。調べていくと、戦争とはこのようなものか、戦争の正義とはこういうかたちであらわれるのか、と考えさせられ、胸苦しさをおぼえる」と書き、「BC級裁判にかけられた人たちはその多くが名もない庶民である。あまりに重苦しく痛切な思い出であるせいか、たずねてみると、ほとんどの人が妻や子供や肉親にさえも詳しい事実を語り伝えていない。ひとことも喋らず、沈黙を守ったまま死んでいった人も多い」とも書いている。

こうしてBC級戦犯裁判で、名もなき庶民が絞首刑になったケースも多いのだが、そういう事実は今も正確には記録が残されていない。日本社会には無数の「清水豊松」が存在していると考えたほうがはるかにあたっているのである。

今、私たちは『私は貝になりたい』を歴史的重みをもった作品として語り継ぐだけでなく、ここにこめられている「戦争と庶民」「国家と兵士」という構図そのもののなかに真に見つめるべきテーマがあり、それをいつの時代にもあてはめてみる姿勢が必要ではないだろうか。私は、昭和三十三年にこのドラマがもっていた生命力を次代に継いでいきたいと思っているが、そのためにはこの脚本はくり返し熟読される必要があるように思うのである。

（ほさかまさやす　ノンフィクション作家）

映画『私は貝になりたい』
2008年11月22日　全国東宝系公開作品

〈CAST〉

清水豊松（理髪店の主人）	中居正広
清水房江（豊松の妻）	仲間由紀恵
敏子（房江の妹）	柴本　幸
根本（薬屋・町内会長）	西村雅彦
三宅（郵便局長）	平田　満
酒井正吉（豊松の友人）	マギー
健一（豊松と房江の長男）	加藤　翼
竹内（町役場職員）	武田鉄矢
尾上中佐（大隊長）	伊武雅刀
日高大尉（中隊長）	片岡愛之助
足立少尉（小隊長）	名高達男
木村軍曹	武野功雄
立石上等兵	六平直政
滝田二等兵	荒川良々
俊夫の母	泉ピン子
通訳（日系二世）	浅野和之
背広の男	金田明夫
山口（元新聞記者）	山崎銀之丞
折田俊夫	梶原　善
松田（お客さん）	織本順吉
西沢卓次（死刑囚）	笑福亭鶴瓶
大西三郎	草彅　剛
小宮（教誨師）	上川隆也
矢野中将（中部軍事司令官）	石坂浩二

〈STAFF〉

遺書・原作　題名	加藤哲太郎 『狂える戦犯死刑囚』
脚　本	橋本　忍
監　督	福澤克雄
音　楽	久石　譲
主題歌	Mr.Children「花の匂い」
エグゼクティブプロデューサー	濱名一哉
プロデュース	瀬戸口克陽
プロデューサー	東　信弘 和田倉和利
ラインプロデューサー	梶川信幸
撮　影	松島孝助
照　明	木村太朗
録　音	武　進
美　術	清水　剛
編　集	阿部亙英
特撮監督	尾上克郎
衣裳デザイナー	黒澤和子

本書は文庫オリジナルです。

私《わたし》は貝《かい》になりたい　朝日文庫

2008年11月30日　第1刷発行

遺書・原作 題名 加藤哲太郎『狂える戦犯死刑囚』

著　者　橋本《はしもと》　忍《しのぶ》

発行者　矢部万紀子

発行所　朝日新聞出版

〒104-8011　東京都中央区築地5-3-2

電話　03-5541-8832（編集）

03-5540-7793（販売）

印刷製本　大日本印刷株式会社

Published in Japan by Asahi Shimbun Publications Inc.

定価はカバーに表示してあります

ISBN978-4-02-264458-9

落丁・乱丁の場合は弊社業務部（電話03-5540-7800）へご連絡ください。
送料弊社負担にてお取り替えいたします。

保阪　正康
昭和陸軍の研究（上）（下）

昭和陸軍はなぜ多くの錯誤を犯したのか。また、その責任は誰がとったのか。この問題を豊富な資料で解明した著者畢生の大作。

朝日新聞社 編
戦場体験
「声」が語り継ぐ昭和

『朝日新聞』「声」欄特集に寄せられた読者投稿のうち一一六本を収録。太平洋戦争下を生き抜いた人々の貴重な証言集。

開高　健
ベトナム戦記

戦場の真っ只中に飛び込み、裸形の人間たちを凝視しながらルポルタージュしたサイゴン通信。〔解説・日野啓三〕

本多　勝一
戦場の村

五〇万のアメリカ軍が戦ったベトナム戦争。戦争下のベトナム人の生活と肉声を伝えるルポルタージュの傑作。〔解説・古在由重〕

桑島　節郎
華北戦記
中国にあったほんとうの戦争

第二次大戦中、華北・山東半島で四年間従軍した著者が、ゲリラ戦、強制連行、捕虜虐待などを綴る。〔解説・石島紀之〕

保阪　正康
昭和戦後史の死角

二〇〇四年菊池寛賞受賞の著者が、日本の敗戦から現在に至るまで見過ごされていた現代史と文化の陥穽を解き明かす。〔解説・吉岡忍〕

小森　陽一
天皇の玉音放送
玉音放送＝終戦の詔書の全文とは、そこに隠された意図とは？　多数の資料から天皇の戦争責任を問い直す。玉音放送全収録CD付。〔解説・野田正彰〕

保阪　正康／半藤　一利／松本　健一／原　武史／冨森叡児
戦争と天皇と三島由紀夫
岸信介は司法取引でA級戦犯を逃れた？　GHQが二・二六事件を評価？　昭和史研究の論客五人が歴史の謎に挑む、画期的な対論集。

週刊朝日　編
父の戦記
千島列島からガダルカナル島まで、大日本帝国と呼ばれた戦地で戦った無名戦士五〇人が戦争と人間を赤裸々に描いた戦争体験記。〔解説・梯久美子〕

朝日新聞社　編
原爆・五〇〇人の証言
原爆投下から二二年目の昭和四二年、朝日新聞社が全通信網を動員して面接取材し、被爆者たちの真実の声を記録。原爆本の原点。〔解説・吉岡忍〕

多田　実
硫黄島《いおうとう》玉砕
海軍学徒兵慟哭の記録
学徒出陣で硫黄島に出征し、実際に戦った著者が友人と交わした会話や日誌などをもとに描く貴重な戦争ドキュメント。〔解説・保阪正康〕

手塚　治虫原作／NAKA雅MURA
どろろ（上）（下）
手塚治虫原作コミック『どろろ』の実写映画（妻夫木聡＆柴咲コウ主演）を完全ノベライズした大冒険活劇小説。

朝日文庫

相棒
警視庁ふたりだけの特命係
脚本・輿水　泰弘／ノベライズ・碇　卯人

テレビ朝日系の人気ドラマをノベライズ。クールで変わり者の杉下右京と、熱い人情家の亀山薫。右京の頭脳と薫の山カンで難事件を解決する。

相棒season1
脚本・輿水　泰弘　ほか／ノベライズ・碇　卯人

テレビ朝日系ドラマのノベライズ第二弾。杉下右京が狙撃された！　一五年ぶりに明かされる右京の過去、そして特命係の秘密とは。

相棒season2（上）
脚本・輿水　泰弘ほか／ノベライズ・碇　卯人

時事的なテーマを扱い、目の肥えた大人たちの圧倒的な支持を得たシーズン2。警視庁特命係の二人があらゆる犯罪者を追いつめる！

相棒season2（下）
脚本・輿水　泰弘ほか／ノベライズ・碇　卯人

難事件から珍事件まで次々に解決していく右京と薫。記憶喪失で発見された死刑囚・浅倉の死の真相と、その裏に隠された陰謀とは？

うた魂♪
栗原　裕光原案／小路　幸也著

合唱コンクールにむけて力を合わせる女子高校生たちの爽やかな青春ストーリーを、注目の新鋭作家・小路幸也が完全小説化。

ゴンゾウ
伝説の刑事
脚本・古沢　良太／ノベライズ・松田　美智子

黒木俊英はかつて警視庁捜査一課のエースだったが、今は井の頭署の備品係。黒木の過去に何があったのか？　人気ドラマ、待望のノベライズ！

夢枕　獏／天野　喜孝
鬼譚草紙《きたんそうし》
魑魅魍魎が跋扈する都を舞台に、当代一の物語作者と世界的イラストレーターの想像力が紡いだ妖艶な物語絵巻。〔解説・細谷正充〕

山本　一力
欅《けやき》しぐれ
深川の老舗大店・桔梗屋太兵衛から後見を託された霊巌寺の猪之吉は、桔梗屋乗っ取り一味に一世一代の大勝負を賭ける！〔解説・川本三郎〕

宇江佐　真理
憂《う》き世店《よだな》
松前藩士物語
江戸末期、お国替えのため浪人となった元松前藩士一家の裏店での貧しくも温かい暮らしを情感たっぷりに描く時代小説。〔解説・長辻象平〕

真山　仁
マグマ
地球温暖化、原油価格の高騰、原発の安全性、地熱発電の未来——。『ハゲタカ』の著者がエネルギー問題に挑む警世の書。

横山　秀夫
震度0《ゼロ》
阪神大震災の朝、県警幹部の一人が姿を消した。失踪を巡り県警幹部たちの思惑が複雑に交錯する。組織の本質を鋭くえぐる長編警察小説。

阿部　和重
シンセミアⅠ～Ⅳ
《伊藤整文学賞・毎日出版文化賞受賞》
三つのミステリーと陰謀と欲望をめぐるヒストリー、そして盗撮と監視のタペストリーが実在する「神の町」で炸裂する壮大なフィクション。